安引宏

原万葉
葬られた古代史

人文書院

はじめに――叙事詩劇、千三百年の長い眠り

……なほ深い闇。ぽっちりと目をあいて見廻す瞳に、
まづ圧しかかる黒い巌の天井……

――折口信夫『死者の書』

肘掛椅子の考古学

アームチェア・ディテクティヴ、肘掛椅子の探偵という推理小説のジャンルがある。たとえばジョゼフィン・テイの『時の娘』。探偵役の刑事は入院中だから、もちろん動きがとれない。それでも彼は、シェイクスピアの傑作のおかげで悪の典型にされてしまった、ヨーク家のリチャード三世（在位一四八三〜八五）の実像に疑問を抱く。彼の人相学によれば、リチャードの肖像は、けっして悪人のものではありえないからだ。次の王朝であるテューダー家によって、歴史が歪めて伝えられた結果ではなかったか。

この本が皆さんをお誘いするのは、いわば肘掛椅子の考古学、アームチェア・アーケオロジーの

世界です。まぎれもなく貴重な文化遺産の発掘には違いないけれど、現地に行く必要もなければ、スコップやら刷毛やらの肉体労働の必要もない。まして、古墳発掘には付きものの宮内庁の許可とやらの必要もない――古墳は国有財産で、しかも歴史のフライト・レコードを収めたブラック・ボックスなのに、なぜ開けてはいけないのか。なぜ、まっとうな学術調査さえ出来ないのか。絶対王制国家でなくなって半世紀以上にもなるのに、まことに摩訶不思議な話です。デモクラシーを国是とする開かれた国の行政判断とはとうてい思えない。じつはこの問いそのものにも大いなる謎解きの鍵が隠れているのですが、いまは先を急ぎましょう。

準備していただくもの。万葉集巻一（いちばん手軽に手に入るけれど、大変な労作である中西進の『万葉集――全訳注、原文付』講談社文庫全四冊の一冊目）つまり文庫本一冊。知的好奇心。率直にものを見る眼と、偏見に囚われない自由な精神。それに豊かな想像力と、坐り心地のいい椅子が加われば、もう申し分ありません。

発掘したいもの。いまなお明らかにされていない「原万葉《げんまんよう》」歌巻。

『万葉集』結集の核となった謎の歌巻

「原万葉《げんまんよう》」という言葉には、ちょっと聞きなれない響きがあるかもしれない。余計なお世話かもしれないけれど、すこし説明しておきます。素直に眺めれば（何も律義に読まなくても、ぱらぱらめくってみれば）編集の仕方がいちようでなく、『万葉集』二十巻四千五百余首が（歌数が特定できないのは、歌の数え方に諸説あるためで、『国歌大観』によれば四五一六首、武田祐吉の整理に従えば四五〇六首プラス七〇首、などなど）いっきに成立したものでないことくらい、誰しも見当はつく。

しかし、どのように……となると、二百年あまりのち、最初の勅選和歌集『古今集』が生まれた九〇四年には、すでに『万葉集』成立の事情は曖昧になっているくらいだから、答えは容易でない。何しろ千三百年の謎なのです。「万葉成立論」あるいは「万葉集編纂論」という研究分野まであるくらいで、十七世紀の契沖《けいちゅう》以来、研究書は山をなし、とうてい本棚のひとつやふたつには収まりきらない。

けれども、そんなことくらい、気に病む必要はまったくありません。考えてみるほどのこともなく、いまだに正解が出ていないということは、つまりは、それらの書物はどこかで間違ったわけです。古墳の発掘にたとえるなら、通路を掘ろうとして、かえって迷路をむやみに増やしてしまっただけの話ですから。

わたしたちとしては、ほぼ正しいと思われる方角が、おおよそのところ見当がつくだけでいい。あとは先ほどの六つの道具を駆使して、精神の巨大古墳とも呼ぶべき現行『万葉集』を、イメージの中で掘り進むだけです。さいわい中西進には簡にして要を得た「万葉集の生成」という論文もあります。その「原万葉」の項から、結論だけを見ておきましょう。予備知識はこれくらいで充分なはずです。

1　「万葉集の中でもっとも古い部分が巻一、二で、以後は逐次つけ加えられていった」

2　「両巻は別物で……巻一は、巻二よりもさらに古い巻だということがわかる」
3　「最初できた万葉集は、何とも分類名のない歌の集まりにすぎなかった」
4　「名なしの巻一だが……一巻八四首が最初にまとまってできあがったのかというと、これ又そうではないらしい。この中にも最初の中心となる歌群があり、この間に挿入したり後に加えたりして巻一ができた……この中心といった歌群こそ、実は、まったく最初の万葉集であった」
5　「それがどの歌々だったか……大体、最初から五三番までの歌の中の、約三〇首ていど……これを私は『原万葉』とよんでいる」

「定説」という色眼鏡・精巧な迷路

けれども中西進は、「約三〇首」がどの歌なのか、そこまでは特定してくれない。そこで早くも、わたしたちに出番が回ってくるわけですが、いくら知的冒険にしても、もうすこしは準備運動をしておいたほうがいいかもしれない。すくなくとも、そのほうが大怪我をしなくてすみそうです。となると、やはり見ておくべきは、伊藤博の説でしょう。一九九九年に完成した『万葉集釈注』全十巻からは、万葉学の成果を新しい世紀に伝えようという意気込みが、惻々《そくそく》として伝わってきます。

1　「(十九世紀の)橘守部《たちばなもりべ》以来深められてきた見解、すなわち左注《さちゅう》や或本歌《あるほんのうた》を除く現存巻一の一〜五三の歌の部分を二十巻の母体とする考えがもっとも穏当と認められる」
2　「(巻一)前半部は、持統天皇の意図にもとづいて、おそらく上皇時代の前半に編纂されたものと考えられる」
3　「持統おかかえの宮廷詩人であった柿本人麻呂がこの事業に参与したであろうことも、考慮されてよい」

いちばん簡要な「原『万葉集』の成立」（岩波版『日本古典文学大事典』所収）からの引用です――ただし伊藤博は母体部分を《原形『万葉集』（仮称「持統万葉」）》という呼びかたをしていて、まさに仮りに名付けたはずの呼び名の言霊《ことだま》に導かれて、あえなく迷路に踏み込んでしまう。肘掛椅子の考古学にも、このように、思わぬ危険は潜んでいます。もちろん肉体的な危険ではないから、コンピューター・ゲーム同様、リセットしてやりなおせばすむことですが。

この仮説のどこかに潜む陥穽は、万葉集の第二次編集と、第二次編集作業の証拠隠滅とに関わるので、見過ごしにはできない。といって、いきなり迷路の検討にかかずらっては、せっかくの発掘の意気込みも出鼻をくじかれようというものです。そこでいまは、これも後に譲って、発掘の手順にかかりましょう。

「原万葉」テキストの復原作業

まず、ごくごく当たり前のことの確認から、始めます。

1　原万葉は紙の巻物に書かれたものだった――このことは、糊と鋏さえあれば（短刀だったかもしれないけれど）自由に編集ができたことを、つまり歌の挿入も削除もごく簡単に、しかも自在にできたことを意味する。
2　巻一の原形、つまり原万葉は、一〜五三の歌の部分に含まれる――このことは、五四〜八四の歌を、とりあえず復原の対象から外していいことを意味する。
3　一〜五三の部分から、のちの編者による書き入れであることが明らかな「左注のすべてと或本歌（二六）、そして巻二との関わりから設けられた部立《ぶだて》（雑歌《ぞうか》）」を消去する――ここまでは、ごくごく「穏当」な作業です。
4　同じく、標目（たとえば「泊瀬朝倉宮御宇天皇代」）と題詞（たとえば「天皇御製歌」）も消去する――西本願寺本万葉集は写本だが（現存する最も古い写本である桂本ともども）、標目・題詞を歌よりも高い位置に書いていて、これは万葉集原本の趣きを伝えた結果と考えていい。しかしなぜか、いままで誰も、この書き方の意味するところは気にしなかったようです。
この書き方、筆写の様式は、じつはかつて、標目・題詞が一種の「頭注」として扱われていたことの名残りらしい。したがって最初の「原万葉」の巻物には書かれていなかった――少なくとも本文扱いはされていなくて、もともとは、筆録者の「書き込み」ないしは「心覚え」のたぐいであったと見るべきでしょう。

この点は、いくらか「穏当」さを欠く見方かもしれないので、もうすこし説明しておきます。伊藤博は畢生《ひっせい》の著作『万葉集釈注』の冒頭に「凡例」を置き、筆を下ろして、このように書き始めます。

「これまでの万葉集の注釈書は、一首ごとに注解を加えることが一般であった。だが、万葉歌には、前後の歌とともに歌群として味わうことによって、はじめて真価を表す場合が少なくない。そこで、本書においては、歌群ごとに本文を提示し、これに注解を加えるという方針をとった」

万葉歌を一首ごとに（切り取って）読み解くとは、じつはその歌がその場に置かれていることの意味をあまり問題にしない態度です。歌群として味わうとは、じつは「編集」という作業のもつ意味に一歩踏み込んで解釈しようという態度です。孤立した一首として読む場合と、歌群のなかの一首として読む場合とでは、歌の意味が微妙に揺れる。そのとき、伊藤博は気がついていたはずです——歌群として読むときに生じる歌の意味の揺れの幅が、巻一前半と巻二のほとんどの部分（標目「寧楽宮」以後を除く）において、巻三以降に生じる意味の揺れ幅よりも大きいことに。ときには「はじめて真価を表す」どころか、意味内容にさえ、本質的な変化が生まれることに。

答は『万葉集』そのものの中に

想像力を駆使して「原万葉」の第一テキストが成立した時点を思い浮かべてみましょう——この日時については、じつは『万葉集』そのもののなかに、おそらく第二次編集者の手によって、かなり露骨な暗示が埋め込んである。四四番歌の左注として、六九二年（旧暦）三月六日から二十日の間、と（詳しくは第一部に）。そのことを明示できなかったのは、そののち「原万葉」がたどった非運と関わる（詳しくは第三部に）。

個人の意識は、ようやく集団の意識から析出《せきしゅつ》し始めたところ。もちろん著作権の意識などあろうはずもない。倭語を表記する方法さえ、まだ確定していなかった。公的な意志の伝達は、すでに漢文によって、十全とは言えないまでも可能だった。しかし情念は、借り物の言語ではつくしがたい。そのようなとき、倭《やまと》のうたを「編む」、編集するとは、どういう作業であったろう。国文学者は、果たしてそのことに意を尽くしただろうか。

「編集」とは、じつはほとんど創作活動に等しい作業にもなりうる営為なのです。新聞の紙面にしても、記事の組み立てかたで、がらりと印象が違う。組み写真の展示にしても、写真の並べかたで、訴えるポイントが揺れる……もっとわかりやすい比喩を借りるなら、エイゼンシュタインのモンタージュ理論がいい。あの名作『戦艦ポチョムキン』を思い浮かべて欲しいのです。ひとつのさりげないカットが、映像の流れの中に組み込まれることで、別の意味を与えられる。ときには、おそろしく重大な意味を担うカットにさえも変貌してしまう。

同じ変化が、げんに「原万葉」の歌についても、編集という作業によって起きています。たとえば「万葉集中でも傑作中の傑作（伊藤博）」である、あの一五番歌（いまは斎藤茂吉の読みに従う）が、なぜこの位置に置かれているのか。

海津海《わたつみ》の　豊《とよ》旗雲に　入日さし
今夜《こよい》の月夜《つくよ》　清明《あきら》けくこそ　（一五）

「旧本」の筆録者は、あきらかに一三〜一五の歌を、ひと纏《まと》まりの歌群として指定している。ところが左注者は、早くもこの歌の置かれた位置に疑問を感じ、旧本に当たって、確認までしている

——「いま、いろいろ考えをめぐらせてみても、（この歌は、中大兄三山歌の）反歌とはとても思えない」と。

　ところが現在でも、この謎は謎のままなのです。左注者の問いにたいして、説得力のある答えは、いまだに見つかっていません。錚々《そうそう》たる国学者から代表的な国文学者まで、どなたも「編集」という営為を軽く見すぎてしまったせいかもしれない。おかげで肘掛椅子の考古学者にも、じつに千二百年余りも持ちこたえた謎を解き明かすチャンスが残されているわけで……思わず脱線が長引いたけれど、発掘に取り掛かる刺激にはなるエピソードです。

5　さて、手許には歌ばかり五十二首が残りました。じっと眺めていると、たしかにいくつか、歌のグループらしきものが浮かんでくる。だが、もうひとつ、くっきりと見えない。そこでさっきの謎々を出題した左注者のことばを読みなおすと、題詞が歌群を指示するメモのようなもの、映画の台本にたとえるなら、場面を指定する「シーンのメモ」の役割を果たしていた可能性に気づく。そこで、歌の作者とされている人名を、メモふうに上段に書き込んでみる。すると、視野はかなり鮮明になってきます。この勢いに乗って（唯一、明白な歌群の指定を持つ「中大兄三山歌」を、基点になるものとしてフィックスしておいて）歌のグループ分けに挑んでみましょう。

「原万葉」を歌群のグループに腑分けする

［1　一〜六番］どうやら王権にかかわる歌のグループらしい。ただし、五・六番は露骨に違和感をともなうので、とりあえず保留としてカッコの中に入れておく。

＊前半＝動乱の予兆

［2　七～九番／一〇～一二番／一三～一五番］斉明宮廷第一の才女である額田王《ぬかたのおおきみ》、同じく第一の美女で孝徳の皇后でもある間人皇女《はしひとのひめみこ》、皇太子の中大兄《なかのおおえ》。それぞれが謡う歌が、三首ずつ連続して記載される。それぞれが、誰知らぬ者のない三角関係を背後に持っているのだから、申し分なくドラマティックな歌群のグループです。

［3　一六～二一番］額田王をヒロインに、嵐の接近を予感させる歌のグループがある。

＊後半＝新時代の幕開け

［4　二二～二五・二七番］古代史最大の内戦「壬申《じんしん》の乱」はすでに終わって、まず、悲劇の収拾を物語る歌のグループが並ぶ。

［5　二八番／二九～三一番／三六～三九番］鎮魂が終わり、新しい秩序の到来をことほぐ歌群のグループに変わる――三二・三三番は同じ主題による、のちの挿入らしい。また、三四・三五番も後続の行幸随行歌との縁《えにし》で、のちに挿入されたようだ。で、とりあえず三二～三五番はカッコの中に入れておく。

＊追補ないしは続編のための歌群

［6　四〇～四二番／四三・四四番］前の三首は、柿本人麻呂の、個人的な歌。後の二首は、歌だけに無心に耳を澄ますなら、追放者と妻との心もとない相聞《そうもん》が、運命の岐路に立たされた個人の嘆きが聞こえてきはしないか――イメージの流れがここで屈折ないし変調していることが見て取れるのは、のちに挿入された歌群のせいだろう。しかも挿入の理由は「原万葉」成立の縁起と、「原

万葉」編集者の運命を語るためではなかったか。

「7　四五〜四九番／五〇番／五二・五三番」前の歌群は、もちろん皇太孫・軽《かる》（のちの文武）への魂振《たまふ》り。後の歌群は、ともに藤原宮の祝歌《ほぎうた》——たしかに「原万葉」の流れに続く歌群だが、一〜三九番の流れとは微妙にニュアンスが違う。「原万葉」がいったん完成した後に、追補の歌群を加えた「原万葉」の拡大版、ないしは続編となる「魂振り」の歌巻・追加部分の冒頭と見るのが、いちばん納得しやすい。ここでも五一番はいかにも挿入歌だから、カッコの中にしまっておこう。

「原万葉」歌巻ノート（＊印、長歌）

一　＊（雄略）　籠もよ　み籠持ち……
二　＊（舒明）　大和には　群山あれど……
三　＊（中皇命）　やすみしし　わご大君の……
四　（同）　たまきはる　宇智の大野に　馬並めて……

七　（額田王）　秋の野の　み草刈り葺き　宿れりし……
八　（同）　熟田津に　船乗りせむと　月待てば……
九　（同）　………　わが脊子が　い立たせりけむ……
一〇　（間人皇后）　君が代も　わが代も知るや　盤代の……
一一　（同）　わが脊子は　仮廬作らす　草無くば……

一二　（同）　わが欲りし　野島は見せつ　底深き……
一三＊（中大兄）香久山は　畝傍ををしと……
一四　（同）　香久山と　耳梨山と　あひし時……
一五　（同）　わたつみの　豊旗雲に　入日さし……

一六＊（額田王）冬ごもり　春さり来れば……
一七＊（額田王）味酒　三輪の山……
一八　（同）　三輪山を　しかも隠すか　雲だにも……
一九　（唱和歌）へそがたの　林のさきの　狭野榛の……
二〇　（額田王）あかねさす　紫野行き　標野行き……
二一　（大海人）紫草の　にほへる妹を　憎くあらば……

二二　（十市送別）河の上の　ゆつ岩群に　草生さず……
二三　（流人王に）打つ麻を　麻績王　海女なれや……
二四　（流人王）うつせみの　命を惜しみ　浪にぬれ……
二五＊（天武）み吉野の　耳我の嶺に……
二七　（同）　よき人の　よしとよく見て　よしと言ひし……

二八（持統） 春過ぎて 夏来るらし 白栲の……
二九＊（人麻呂） 玉たすき 畝傍の山の……
三〇（同） ささなみの 志賀の辛崎 幸くあれど……
三一（同） ささなみの 志賀の大わだ 淀むとも……
三六＊（人麻呂） やすみしし わご大君の 聞し食す 天の下に……
三七（同） 見れど飽かぬ 吉野の河の 常滑の
三八＊（人麻呂） やすみしし わご大君 神ながら 神さびせすと……
三九（同） 山川も 依りて仕ふる 神ながら……

ずいぶん、すっきりした姿になった。三九番までの歌から、消去した一首（二六）とカッコに入れた六首（五・六番。三二〜三五番）を除くと、三二首。中西進の直感とも符合する。そしてここから見えてくるのは、日本という国家の誕生を物語る、歌による歴史物語の試みではないか。新生日本への讃歌と言い換えてもいい――ちなみに、日本が正式に日本を名乗るのは、「原万葉」成立のわずか三年前、六八九年の飛鳥浄御原令《あすかきよみはらりょう》においてであった。

語りの失われた歌物語

それでは、これらの歌群は、どのようにして謡われたのか。伊藤博は、たとえば巻一巻頭歌について、「原始的な歌劇の中で……身振りや所作を伴いながらうたわれた」と想像する。わたしも

「原始的な歌劇」を思わせる表現のスタイルがあったことを疑わないが、その前にまず、語りをともなう「吟唱」の時代があったと考える。あの壮大な叙事詩が生まれる前後の古代ギリシアと同じように――きらびやかな扮装《ふんそう》に身を包み、竪琴《たてごと》を爪弾きながら、「感情表現に力をこめて、高い調子で吟唱する」アオイドスたち、またラプソドスたちの姿が浮かんでくる。

まず、語りがあった。わがくにの文学史に沿って思いをめぐらすなら、すぐさま九〇〇年ごろに成立した『伊勢物語』の例が浮かぶ。はじめは詞書《ことばがき》であったものが、しだいに長い説明が加わって虚構化し、ついには短い物語にまで成長する。クライマクスに歌を持つ現存の物語も、十数段しかなかったとみられる「原《げん》伊勢物語」では、いま見る形に定着する前に(「原万葉」の語りと同じく)口承で語り伝えられる段階があった。

同じプロセスを「原万葉」についても仮定することは、けっして奇想ではあるまい。しかし語りの部分は文字として定着されなかったために(さらには禁書となる不運を重ねたために)、千三百年の忘却の淵に沈んで、ただ語りがあったことを暗示する頭注だけが残った。それをしも題詞であることのほかに何の意味も持たないと言い切れるのは、テキストとして存在しないものはテキスト以前の形でも存在しなかったと信じ込んでしまう、精神の硬直した末世の学者だけではないでしょうか。

語りがあって歌が謡われ、語りと歌は、ときに所作をともなって詩劇となった。歌劇の比喩を借りるなら、語りはレシタティーヴォであって、情感がたかまるとき歌となりアリアとなる。歌は時空をこえて飛翔し、聞く人の心の琴線を掻き鳴らして、記憶に深く刻み込まれる。しかし語りは、時と場に応じて変化するものであった。聴衆の心に残るのは場面の記憶であって、まだ定着されていない語りそのものではなかった。また、それで充分だったのかもしれない。なにしろ登場人物たちの運命については、その場の聴衆は知り尽くしていたのだから。

同時代人が享受した「原万葉」とは、このような「吟唱」の舞台であり、ときには歌劇の舞台でもあった。

抒情詩の歌群が一編の叙事詩劇に変わるとき

このとき「玄妙な」としか言いようのない変化が起きる。伊藤博は、歌を孤立した歌として読むのではなく「歌群として味わうことによって、はじめて真価を表す場合」があることを知った。同じ質的な変化が、原万葉に関するかぎり、「歌群と一連の歌群」をめぐっても起きるのである。

「歌群を、孤立した歌群としてではなく、前後の歌群とともに一連の歌群として味わうとき」、何ともふしぎな変化が起きる。抒情詩の歌群であったものが、一連の歌群の語りの文脈に溶け込んで、全体として一編の叙事詩劇に変容する――ことの成り行きは、中世末イングランドの聖史劇、ミステリ・プレイの展開に似ている。聖書のエピソドに題材を取った個別の宗教劇が、集大成されていくにつれて、天地創造から最後の審判にいたる一連の「劇群＝サイクル」へと成長する。

叙事詩とは、言うまでもなく民族の文化伝統の源にあって、虚構ながら民族の記憶を、つまりはアイデンティティを支えるもの。古代ギリシアの『イリアス』『オデュッセイア』に始まり、イギリスの『ベーオウルフ』、フランスの『ロランの歌』、ドイツの『ニーベルンゲンの歌』へと連なる。

叙事詩の情念は、ときに不条理な運命に立ち向かうよすがとなり、またときに狂信へと駆り立てる原動力ともなる。

わたしたちにとって、「原万葉」とは、民族の叙事詩にも似たパトスをひめた詩劇である。このことについては、すでに現代史が、正負両面の証言を提供している。太平洋戦争にさいして、統治する側は『万葉集』の呪力をとことん利用しようとした。統治される側も、同じ『万葉集』の呪力にすがって、不条理な運命に耐えた——学徒出陣の兵士が背嚢《はいのう》にしのばせたのは、ほかならぬ『万葉集』であって、けっして『日本紀』の「神代紀」などではなかった。

その『万葉集』の最初の核となったのが、わたしたちがこれから、本来の姿の発掘に向かおうとする「万葉集のなかの万葉集」、いわゆる「原万葉」なのです。「原万葉」とは〈何であり、いつ、どこで、何のために、誰によって、どのようにして〉編まれたのか。そのためには、わたしたちは想像力の翼の力を借りて、まず千三百年の時の流れを遡らなければならない。それは同時に、このくにが日本になり、わたしたちが日本人と名乗ることになる時点への旅でもあって……。

目次

はじめに――叙事詩劇、千三百年の長い眠り　1

第一部　聖書「原万葉」誕生の前夜……23

序　章　初めてこの世に「日本」が現われたとき　24
第一章　六八九年四月十三日、飛鳥浄御原宮　31
第二章　海月《くらげ》なす国、漂える王権　39
第三章　夏、真弓の岡なる日並皇子尊《ひなみしのみこのみこと》の殯宮《あらきのみや》　46
第四章　「いにしへも　しかにあれこそ」　54
第五章　六九二年三月三日、ふたたび浄御原宮にて　63

第二部　聖歌劇「日本讃歌」の復原……73
第一幕　新たなる国、新たなる王権
——倭国から日本へ、大王《おおきみ》から天皇《すめろぎ》へ　74
第二幕　忍び寄る動乱——天皇霊に乱れが生じるとき　91
第三幕　迫り来る内戦——大和心と漢心《からごころ》の争い　118
第四幕　壬申の乱の収束——魂鎮めと魂振りと　131
第五幕　ユートピアの幻想——天皇教《スメロギズム》の誕生　143
要　約　聖歌劇の構造——「日本讃歌」復原　162
第三部　聖史詩劇「原万葉」の埋葬、あるいは歴史の復讐……167
第一章　縁起の歌群のひそかな告発　168
第二章　「ひむがしの　野に炎《かぎろひ》の」　178
第三章　六九五年一月十六日、新都藤原京踏歌《たふか》の節会《せちゑ》
——言霊の歌から儀礼の歌へ　187
第四章　すりかえられた神学、あるいは天皇制の成立　197

第五章　石見《いはみ》鴨山のほうへ　208
終　章　エニグマ、あるいは二つの葬《はふ》り　219
あとがきに代えて――精神の巨大古墳の発掘を、さらに　229

原万葉　葬られた古代史

第一部　聖書「原万葉」誕生の前夜

序章　初めてこの世に「日本」が現われたとき

葦原の　瑞穂の国は　神ながら　言挙《ことあげ》せぬ国
然れども　言挙ぞわがする　言幸《ことさき》く　真幸《まさき》く坐《ま》せと

——柿本人麻呂

「日本が地球上にはじめて現われ、日本人が姿を見せるのは（中略）ヤマトの支配者たち、《壬申の乱》に勝利した天武の朝廷が、《倭国》から《日本国》に国名を変えたときであった」それが公式に定められたのは「持統朝の六八九年に施行された飛鳥浄御原令《あすかきよみはらりよう》で、天皇の称号とともに」であった。またこのことを国際的に宣言したのは「七〇二年に中国大陸に到着したヤマトの使者が」同じく国号を唐から周に変更したばかりの「則天武后に対してであった。」

（網野善彦『「日本」とは何か』二〇〇〇）

二十世紀もどんづまりの年になって、ようやくわがくにの歴史学者も、教育勅語（一八九〇年発布）に始まる「百年の刷り込み」から解き放たれよう、そう呼びかける勇気を持った。ゾンビ同様に不滅としか思えなかったおどろおどろしい亡霊にも、もはや悩まされることはない。自惚れ鏡になりかねない思い込みと手を切って、事実と向き合うときが来た。初めて真実の歴史が語られるだろう。そして、そのことこそが、普遍性への展望を開く、と。

確認しておこう。「日本」という国も「日本人」も「天皇」も、一三〇〇年前には存在していなかった。さらに踏み込んで言えば「日本および日本人」とは、おのずから形成された意識ではなく、七世紀末葉に支配者層によって自覚的に選び取られた「自己認識」であった。

それでは、当時の支配者層が選び取った自己認識とは何であったか。もちろん、一朝一夕にできあがったわけではあるまい。まさか「おのずから」成ったものであるはずもない。だが自己認識の理由も形成のプロセスも、なぜかいままで、一度も明らかな言葉で語られたことはなかった。だからこそ、いまだにわたしたちは、「日本人らしさ」の成り立ちをうまく説明できない。ニホニズム（日本教）と呼ばれる行動原理の本質さえ確認されていない。いまなお、露骨にフィクティシャスな痕跡を残す歴史策定の試みをたどりながら、推理に推理を重ねていくほかない、情けないありさまが続いている。（注1）

最初の試みは、『日本紀』によれば六二〇年（推古二十八年）のこと。厩戸王子《うまやどのおうじ》（聖徳太子）と蘇我馬子《そがのうまこ》との発議によって、「天皇記」「国記」臣連《おみむらじ》以下公民どもの「本記」を記録。ただし完成にはいたらず、蘇我宗本家滅亡のさい焼失して、わずかに「国記」の一部が救出されたのみ。紀はそう伝える――だが、これらの記事を事実として、そのまま鵜呑みにしていいものかどうか、はなはだ疑わしい。そもそも「天皇記」の名称からして、じっさいは「大王記」だったはずではないか。

とはいえ、推古朝に歴史策定の試みがあったことだけは、ほぼ確かだと思われる。(注2)
次の試みは、同じく『日本紀』によれば六十一年後、六八一年(天武十年)のこと。大王大海人《おほしあま》(天武)の発議で、「帝紀」と「上古諸事」の記定に着手。大化のクーデタ、白村江《はくすきのえ》の敗戦、壬申の内戦を経て、新しい国家体制の構築が精力的に進められる。そのさなか、新しい統治システムを支える原理の創造は、まさに緊急の重要課題のひとつでもあったろう。まして大海人に、自分が新しい王朝を開いたという思いがあったとなれば、なおさらである。(注3)
しかし、天武のいわゆる「皇親制《こうしんせい》」の政治イデオロギーは、少なくとも公表するまでにはいたらなかった。むしろ『古事記』の草稿(仮に「原古事記」と呼ぼう)が断片的に形成され、おぼろに姿を見せ始めた段階で、天武の病いと死によって中断したと見ていいだろう。残されたのは「稗田阿礼《ひえだのあれ》の誦するところ」、つまりは、名を挙げるまでもない下級史官たちの手許の草稿と語りだけであった。
三度目の(じっさいは四度目の)試みの痕跡は、十年後の六九一年(持統五年)。女帝の発議で、有力氏族十八氏(大三輪、石川、春日、大伴、平群《へぐり》、阿曇《あづみ》ら)に「墓記《ぼき》」を提出させる。ただし、これも『日本紀』の伝えるところ——墓記の「上進」とは実態は「召し上げ」にちかく、まさに「神祇《じんぎ》革命」を(上山春平『天皇制の深層』一九八五参照)、言い換えれば古代氏族の序列組替えを準備するものだった。このときすでに、この国の史書の編集方針は見えていた、少なくとも見え始めていたはずである。
持統は天武の遺志を引き継ぎ……公式にはそうなっているが、じつは女王には、夫の願っていた

「皇親制」体制を引き継ぐつもりなど、さらさらなかった。表向きは天武の遺志の継承を振りかざしたにしても、持統にとっては皇親制イデオロギーを謳《うた》い上げる部分など、すでに存在していたとしても、認めるわけにはいかなかった。そして専制国家においては、王が認めないものは抹消される。存在しなかったことになってしまうのだから。

急いで言い添えておこう。いま慣習にしたがって「史書」と言ったが、古代の史書はもちろん事実の歴史ではない。そぶりはともかく、事実を記録しようという意志もなかった。この国のあるべき姿を、「歴史」と称するものを例にとって具体的に指し示す。まさしく国家イデオロギーの教科書ないしは指導書なのであった。

それでは、語られなかった三度目の試みとは何だったか。それこそが、この本の主題となる「原万葉」――『万葉集』という、いわば「精神の巨大古墳」に埋葬された、叙事詩劇のかたちをとる歴史であった。ここには曖昧化されるまえの皇親制の政治イデオロギーが息づいている。日本教《ニホニズム》の核にひそむ天皇教《スメロギズム》の教義を、初めて聖書に定着しようとした試みがある。

大部の古代詞華集に埋没してしまった「原万葉」に（木を隠すのは森の中がいちばんだから）、イデオロギーとしての古代史を読み取る――この作業がもし奇異に聞こえるとしたら、それは近代という色眼鏡が肉化してしまった、わたしたちに共通の病いのきざしにほかならない。マツリゴトの時代を、「歴史」と「宗教」と「文学」とに腑分けして、おのおの不可侵の領域であるかのように装うタテワリ古代学。つまりは一見誠実な態度に隠された精神の怠惰に、深く冒されている徴候とでも言うほかないのではあるまいか。

すべては、六八九年（持統称制三年）四月十三日の皇太子草壁《くさかべ》の死と、それに続く葬礼に始まる……。

（注1） いよいよニホニズムの源流を探る旅に出発するにあたって、まず足許を、わたしたちが置かれている現状を確認しておこう。そのためにはもう一度、先ほどの『「日本」とは何か』から引用する必要がある。「二月十一日という戦前の紀元節、神武天皇の即位の日というまったく架空の日を［建国記念の日］と定める国家（中略）このように虚偽に立脚した国家を象徴し、讃えることを法の名の下で定めたのが、この国旗・国歌法であり、虚構の国を［愛する］ことなど私には不可能である。それゆえ、私はこの法に従うことを固く拒否する」

わたし自身も、連載コラムを持つ者の義務として、ミニ・コミ誌「風さやげ」（四三号、一九九九年）に書いた覚えがある。

「この歌（君が代）は古今和歌集の賀歌の巻の巻頭にある［題知らず、読み人知らず］という、はなはだ由来の怪しい歌の、しかも初句五文字を変えた替え歌です。もともと［わがきみは］で始まる門付《かどつ》け歌で、心にもあるのかないのか、おべっかに御目出度い歌を唄ってボスから御祝儀をせしめようという歌だった（中略）重苦しくも暗い陰々滅々のメロディーに乗せて、大会場に集う全員が起立し、直立不動で、御祝儀をねだる門付け歌の替え歌を斉唱する光景の不気味さ（中略）この異様さを、教育の場で未成年者に強要するシステムが、愛国心を涵養するよすがになるなどと思い込むとは……」

（注2） 推古朝に歴史策定の試みがあった状況証拠もいくつかある。

第一に、大王位がきわめて不安定な時代だからこそ、諸氏族の統合のために、国家としての自己認識が必要であった。五九二年、ハツセベ（崇峻《すしゅん》）大王暗殺後の大王位の空位を埋めるために、ヌナクラ・フトタマシキ（敏達《びたつ》）大王の正妃だった未亡人のヌカタベが、前例のない「初めての女王」として三十九歳で即位したくらいだから。

第二に、隋との国交をはじめとする外交上の必要から、倭《わ》としても自国の成り立ちを説明しなければならなかった。そのためには、まず自己認識を確認し、共通の了解事項にしておく必要があった。

第三に、たしかに相当のハッタリには違いないにしても、神武《じんむ》紀元元年を決める計算の原点が推古九年の辛酉《しんゆう》年にあったことは、無視できない事実として存在する。この事実は「天皇記」もまた救出され、一部を利用しながら、公式にはそのすべてを否定したことを意味するのかもしれない。

第四に、七一二年撰上の『古事記』が推古《すいこ》の記事をもって閉じることも、歴史策定の試みがあったことを暗示するだろう。歴史の記述という性格は顕宗《けんぞう》で尽きながら、無理を承知で仁賢《にんけん》以下十代も本文を引き伸ばしているのには、何かのいわれがあるはずだから――ちなみに『日本紀』も持統の譲位の記事で終わっている。

第五に、これは仮説ではあるが、実際はもっとも重要な動機と推定できる狙いが隠れていたと思われる——蘇我氏はそれまで意識化されることなく、慣習として何となく支配層を縛ってきたヤマトの「国家イデオロギー」を、自家に有利なかたちにつくりかえ、そのまま確定しようとしたのではなかったか。

統一原理のない八百万《やおよろず》の氏族神の群れに、仏教の普遍性を導入することで、大王家の専有する祭政権を奪取する。奪取できないまでも、相対化する狙いを、蘇我一族は秘めていたのではないか。厩戸《うまやど》の晩年の閉じ籠もりも、大化のクーデタの切迫も、この仮説をとおして見るとき、いっそう鮮明に浮かび上がって来はしないだろうか。

（注3） 壬申の内戦のさい、大海人《おほしあま》軍は漢帝国を建国した劉邦《りゆうほう》にならって、赤旗を掲げ、「赤色をもって衣の上に着け」た。この演出が革命を意味していたことは、紀の筆録者たちも充分に承知していたらしい。念のために言い添えれば、大海人には万世一系の偽札など必要なかったのである。

第一章　六八九年四月十三日、飛鳥浄御原宮

［高鴨《たかかも》神社の巫女に憑依《ひょうい》して、采女《うねめ》は語った］

御簾《みす》はぴくりとも動きませんでした。あの朝のことをお訊ねですね。それはもう忘れたくても、たとえ忘れようと努めたとしても、とうてい叶うことではございますまい。夏、四月乙未《うづききのとひつじ》の朝。あの朝の「おぼぼしき」とでも申しましょうか、何故とはしかと言い表わしかねる不安に充ちた幾刻《いくとき》。かの刻《とき》のことは、わたくしが転生の環から解脱《げだつ》できないかぎり付いて回る悪い夢とも、夢の魔とでも申しましょうか……。

御簾はぴくりとも動きませんでした。御言葉はおろか、主上《おかみ》の気配さえ、御前に控える女官どもには伝わって参りませぬ。そのまま徒らに刻《とき》のみが過ぎ、わたくしどもは息を詰める思いで、ただただ御簾の中の動きを待ち受けるばかりでございました。

済みませぬ、話が前後いたしました。あの日、朝まだき、宮の御門をあわただしく叩く者がございました。島の宮の舎人《とねり》です。駆け込んできた舎人は、草壁皇子尊薨去《くさかべのみこのみことこうきょ》の悲報を伝えると、その

まま庭前に突っ伏して嗚咽《おえつ》に肩を震わせるばかり。宿直《とのい》の女官は、ただちに悲報を主上に取り次いだと申しております……ですが、すでに数刻。昼を過ぎても、御簾の中からは、御声はおろか物音ひとつ聞こえてまいりません。

わたくしは詰めかけてきた同僚の表情を、そっと窺《うかが》いました。宮に仕える者として、どの顔も、うかつに心の中を見せたりはいたしません。仮面のように凍りついたままです。しかし、わたくしの心の耳には、声にならぬ囁きがくっきりと聴こえていましたとも。

——主上はいかがなされたのか？

——おいたわしや。覚悟はなされていても、いざとなるとやはり、このような報せは受け容れられない……いや、認められないのではありますまいか？

——先帝を殯宮《もがりのみや》から大内陵に御送りして、まだ五つの月もめぐらぬというに、いままた御子を黄泉《よみ》に御送りせねばならぬとは……。

わたくしどもはあの朝、御前の異様な雰囲気にのまれ、ひたすら恐れおののくばかり。何ひとつわかってはいなかったのでした。主上はおそらく南庭に向かって御座りになり、先の御門《みかど》がいまなお殯宮におわすがごとく、無言の会話をお交わしになっていたのではないでしょうか。そうに違いございません、姉君の忘れ形見、大津皇子《おおつのみこ》に死を賜った朝と同じように。

御遺体が殯宮に移されるのを待ち受けていられたかのように、主上はまつりごとに御戻りになりました。いつになく引き延ばしてこられた懸案を、次々にてきぱきと処理なされるさまは、禍々《まがまが》しいことなど何ひとつ起きなかったかのように拝察しました。

御心の中はいざ知らず……世故にたけた廷臣どもさえ「深沈《しめやか》にして大度《おほきなるのり》まします」と申しておりますほどのお方、わたくしどもにはとうてい、御心のありようを窺うことなど出来はしません。ただ、こよなく怖ろしい噂がひそかに囁かれていることは、もうお耳に入っているのではございませんか。

主上はこの国の基《もと》いをわが手で確かなものとするために、お優しいぶん優柔不断なところがおありの皇子尊《みこのみこと》のことは、とうに見限っておられたとか。でなければ、称制などという無理なことはなさらずに、とうに皇太子を高御座《たかみくら》にお付けになっていたはずではないか。すでに二十五歳にもおなりになっていたのだから、とか。

さらには、口にするさえ空恐ろしい噂さえも。ことは大津皇子の断罪のときに、早くも始まっていたと申す者さえも……十一月には百官と外国の賓客を率いてあれほど立派に先帝の葬《はふ》りを主催された皇太子が、蒲柳《ほりゅう》の質であらせられたとはいえ、五か月後の死はあまりにも突然すぎないか。大津皇子と同じことがこの度も起きたのではないか。ただ、秘かに死を賜ったところが違うだけではないかとか……。

明くる庚寅《こういん》の年正月《むつき》、皇后は正式に即位なさいました。これはずっと後に聞き知ったことではございますが、同じ年、唐《もろこし》でも女帝が即位なされたそうですね。ふしぎな暗合と申せばよいのか。手本と申す者さえおりますけれど……わたくしにはとうてい信じられぬ、考えたくもない、僻事《ひがごと》でございます。

何と申しましても、武則天《ぶそくてん》さまは恐ろしい方です。皇后として高宗と共同で統治なさっているとき、御自分の長子と次子をつぎつぎに太子にしては、二人とも殺しておしまいになったとか。さらには高宗が亡くなって、帝位にお上りになった御自分の三男を退位させ、四男を帝位につけて実権をお握りになった。それでも満足なさらず、その方まで退位させて、御自身が即位なさって、聖神皇帝と名乗られたというのですから……わたくしには想像すらつきかねるお方。やはりヤマトにはそぐわぬ激しさでございましょう。

ただわたくしは、聞きたくもないのに押し入ってくる囁きを耳にするにつけ、あの朝の異様に静まりかえった御簾をまざまざと思い浮かべるのです。あの蔭で、亡き大行天皇《さきのすめらみこと》と現身《うつしみ》の主上とのあいだに、どのような御言葉が交わされていたのか……そうですとも、御簾はぴくりとも動きませんでした。刻が過ぎ、さらにまた刻が過ぎても。

＊　＊　＊

神話世界の最高神が女性である文化は、ほかに例を見ない。しかもアマテラスは、高天原にあって、このくにの在り方を規定している。天皇が現人神《あらひとがみ》であることの保証は、大嘗祭《だいじょうさい》において、アマテラスの霊性を肉化《インカーネイト》することにあるのだから。

同じように、このくにの在り方の本質を規定したのも、七世紀末のひとりの女性であった。それなのにわたしたちは通説に絡め取られ、ともすれば天智と天武に眼を奪われて、古代の偉大な専制君主・持統の姿を見失いがちではないだろうか。まさか現代の歴史学者が、いまだに水戸学の呪縛から脱け出せないとも思えないのだが……朱子学に凝り固まった水戸学のせいで、かつての女性軽視まで（何しろ皇統譜から五世紀の女帝・飯豊《いいとよ》を削除し、即位さえ疑わしい七世紀の大友皇子を追加することにしたくらいだから）引き継いでしまったように見えるけれども。

あるいは不比等《ふひと》と同じように、おのれの足跡を韜晦《とうかい》することが、持統の狙いでもあったのだろうか。もしそうなら、わたしたちも、そろそろ手妻《てづま》に気付いてもいい頃だろう。ヒントを残してくれた古代の史家さえいるのだから――淡海三船《おうみのみふね》が漢風諡号《しごう》を撰進したのは七六二年から七六四年の間だった。大友皇子の曾孫・三船は、天武の后であった鸕野讃良《うののさらら》皇女に、なぜ「持統」と諡《おくりな》したのか。

おそらく森鷗外も、この謎に気付いていた。帝国憲法下の高級官僚は、もちろん『帝諡考』に出典個所を明記するところで筆を止めているけれども。「薛瑩《せつほう》漢紀」より「一以貫之……継体持統」から採った、と。

「一をもってこれを貫き……体を継ぎ、統を持して」と読むのだが、継体がわがくにの古代の画期となる大王の諡号であることは誰もが知っている。だが持統にも似たような意味で、同じ文脈から諡号が選ばれたとすれば、いったい何を指しているのか――天智の血統をかろうじて維持したことか、それとも天武の血を可能なかぎり薄めたことなのか。どちらにしても、血の匂いは漂う。

まず、六八九年四月の状況を見よう。

大化のクーデタから四四年。白村江の敗戦から二六年。壬申の内戦から一七年。日本紀によれば、六七三年の天武の即位とともに正妃となった持統が共治体制に入って一六年。六八六年の天武の死によって皇后称制に踏み切り、皇位継承権第二位の皇子・大津に死を命じてから三年。いままた皇太子・草壁の死に遭《あ》う。

　この年、称制三年目、共治体制から数えれば専制の座にあること一六年に及ぶ皇后・持統は四十五歳。夫を喪った皇太子妃・阿閉《あえ》（のちの元明）は二十九歳。皇孫・氷高《ひだか》皇女（のちの元正）は十歳。皇后直系の男子は、わずか七歳の皇孫・軽《かる》皇子（のちの文武）のみ。

　しかも、皇親はけっして少なくない。まず天武八年の吉野盟約に加わった六皇子のうち四人が残っている。天武の皇子では、壬申の内戦に大海人《おほしあま》軍を指揮した三十六歳の高市《たけち》（のちの皇子尊《みこのみこと》、翌年、持統政権の太政大臣に）と、三十一歳の忍壁《おさかべ》（のち文武政権の知太政官事）。天智の皇子では三十三歳の川島《かわしま》と、三十歳の志貴《しき》。

　天武の皇子はなお六人を数える。二十四歳の長《なが》をはじめ、二十三歳の穂積《ほづみ》（のち文武政権の知太政官事）、二十歳の弓削《ゆげ》、十四歳の舎人《とねり》（のち元正政権の知太政官事）、九歳の新田部《にたべ》、ほかに磯城《しき》とつづく。高市の息子の長屋《ながや》王（のち元正政権の右大臣）さえ十四歳で、すべて皇孫・軽《かる》より年長だった。

　豪族の族長たちに眼を移すと、丹比嶋《たぢひしま》六十六歳（翌年、持統政権の右大臣に）を筆頭に、石上麻《いそのかみのま》呂《ろ》五十歳（もと物部氏、最後まで敗残の大友を見捨てなかった。のち元明政権の左大臣に）、大伴御行《おおとものみゆき》四十四歳（のち持統政権の大納言、なお旅人はこのとき二十五歳）、三輪高市麻呂《みわのたけちまろ》三十三歳（持統政権の中納言）などなどとつづく。

　この年、のちに文武・元明・元正と三代にわたって、政権に深く関わる中臣不比等《なかとみのふひと》は三十二歳。万葉集に深く関わる額田王《ぬかたのおおきみ》は五十九歳。同じく、柿本人麻呂《かきのもとのひとまろ》は三十三歳、山上憶良《やまのうえのおくら》は三十歳だった。(年齢は、推定を含めて、伊藤博『万葉集釈注』の付表「万葉歌人の年齢」による。)

中核となる王位についてさえこれほどの不安定要素を抱え込んだ持統の宮廷は、国際的には、東アジアのどのような政治力学に曝されていたのだろうか。

朝鮮半島では弱小国だった新羅《しらぎ》が、六六〇年には唐と結んで百済《くだら》を滅ぼし、三年後には倭の干渉を撥ね除ける。六六八年には高句麗《こうくり》を滅亡に追いやったが、その後十年をついやして唐の勢力を排除し、初めて半島の統一を達成した。新羅は唐文明の摂取につとめ、仏教文化と骨品制《こつぴんせい》(新羅における族制的身分制度)を柱に、急速な「古代化」の段階に入る――六八九年はまさに改革のさなかであって、その自信が、この年の天武弔問の新羅使と持統朝廷とのいざこざを生んだと言えるだろう。

中国本土では、強大な唐帝国に、思いもかけぬ異変が起きようとしていた。六五五年に中下級官僚に支えられた武則天が、貴族官僚の元老たちの反対を押し切って、高宗の皇后となる。「垂簾《すいれん》の政」とは実質的な共治体制を意味するだろう。六七四年には高宗を天皇、自らを天后と呼ばせ、ほとんど独裁体制に入った。

太子・忠を廃して実子の弘を立てたが、意のままにならなかったので毒殺。実子で弟の賢を立てたが、これも廃して結局は自殺に追い込む。さらに実子で弟の哲を太子に立て、六八三年に高宗が死ぬと中宗として即位。だが五十四日で退位させると、実子でさらにその弟の旦を立て睿宗とし、実権を握った。

翌年の反乱を一ヵ月余りで鎮圧すると、武后はすかさず反乱の予防を口実に使い、恐怖政治によって権力の基盤を固める――反乱の一味・駱賓王の檄文は告発する。「一抔《いっぽう》の土いまだ乾かざるに、六尺の孤いずくにか在る」高宗の陵の土もまだ乾かないというのに、その子の中宗はいったいどこに消えてしまったのか、と。

六八九年とはまさに武后の権力の絶頂期だった。翌六九〇年には国号を「周」と改め、息子の睿宗は廃して皇嗣とし、自ら帝位に登る。聖神皇帝は六十三歳か四歳、独裁政権は七〇五年まで、さらに一六年間に及んだ。

「一抔《いっぽう》の土」の早業から即位の年まで同じ女帝持統と則天武后――酷似するふたりのありようは、唐がわがくにの「古代化」の手本であったことまで考え合わせると、ひどく気にかかる。たんなる歴史の偶然・暗合として片付けていいものか……武后の影は吉野裕子の白日夢にまでも（持統による草壁毒殺。『持統天皇』一九八七、参照）、色濃く伸びているのだから。

念のため言い添えると、儒教的バイアスを拭い去るなら、武則天は官僚制を刷新したすぐれた統治者であった。共治時代も含めると、専制の座にあること、じつに半世紀。

いっぽう持統も「深沈《しめやか》に」身をひそめたまま、日本の「古代化」の筋道をつけ、ひいては現代にまで生き続ける国家イデオロギーの原型をつくった。治世は二度の共同統治（天武と、また文武と）を含めて、二十九年に及ぶ。天武の十三年はもちろん、天智の皇太子時代まで含めた二十六年をも凌いでいる。

第二章　海月《くらげ》なす国、漂える王権

［一言主 命《ひとことぬしのみこと》神社の巫女に憑依して、史《ふびと》は語った］

何故わたくし如きにさようなことを……わたくしが史の名を賜って正式に史官の末席にはべりましたのは、十年《ととせ》あまりのち、新たに元号をお立てになる前の年（七〇〇年）の秋でございます。お訊ねの鸕野讃良《うののさらら》皇后御即位の前後のことなど……たしかに、わたくし、薩弘恪《さつこうかく》さまの許に身を寄せておりました。けれども、武后の「告密の門」を避けた亡命者の息子としてにすぎません。唐の史官であった父は、亡命の途上であえなく一命を喪《うしな》いました。薩さまは、まだ少年だったわたくしを憐れんで、翼の下に匿《かく》まってくだされただけ。懐 刀《ふところがたな》などとは、とんでもない、恐れ多い申されようでございます。

おっしゃるとおり薩さまのお側に居りましたから、わたくしは使い走りそのほか、のちにはさまざまなお手伝いもいたしました。が、それとても、わたくしが倭の言葉を覚えるのが早かっただけのこと……唐の史官の血筋のことなど、亡命者となったからには、きれいに忘れろ。そのことなら、たしかに薩さまから繰り返し御訓戒をいただきました。ヤマトの史官は、言葉こそ同じだが役割はまるで違う、とも。いま薩さまの急逝にあい、おあとを継いで史と名乗るよう命じられたからとて、にわかに御遺訓を忘れられましょうか。

唐の史書と日本の史書とは成り立ちからしてまるで違う、それがわたくしの師、薩さまの口癖でした。そもそもクニの大きさが違う。クニの重ねてきた年輪が違う。したがって、クニを纏《まと》めあげる原理も自ずから異なる。

クニの大きさについては、日本は戦国の七雄のひとつのクニにも及びますまい。年輪についても、司馬遷《しばせん》が『史記』を著わしたとき（九一）、中国はすでに殷・周の天下を経て、春秋戦国の乱世を知り、秦から漢への革命を経験しています。

そのあと更に三国の争いがあり、晋の短い覇権のあと、中国は南北に分裂します。北は五胡十六国から北魏の華北統一（四三九）へ、そして北朝はさらに東魏・西魏・北斉・北周と興亡を繰り返す。南朝もまた、東晋（三一七）から宋・南斉・梁・陳へと転変を繰り返す。隋による統一（五八一）も長続きせず、帝国はようやく唐によって安定（六二六）したかに見えたものの……。

すべて御承知のところではございましょうが……さて、このくにの今をどう見るか。どのあたりの動きと重ね合わせて捉えれば、歴史の筋道がくっきりと見えてくるのか。

たしかに祭儀による政治を行なった殷は、魏志の記す邪馬台国を思わせるところがある。武力による統一を達成した秦は、宋書に見える倭王・武の王権を連想させはするものの、倭が法治国家であったとは思われぬ。現王朝は、漢よりも、隋を倒した唐朝に似ているのでは……師はそのように考えようとするのが、そもそも唐の史官の見方だと申すのです。

これまた御存知のところでございましょうが、中国では歴史は次の王朝において確定するもの、当代ではそのための史料を史官が日々記録しておきます。ところがわたくしどもが手にするこのくにの資料は、口承伝説を記録したものがほとんどであって、とうてい史料とは呼べませぬ。物語の数だけ、歴史があることになってしまいます。

だが師は、同じ「歴史」という言葉を使っても目的が異なることを忘れてはならぬと、折りあるごとに申しておられた。中国では歴史を確定することで天の意を知り、後代の施政の参考に処するところに主眼がある。だがこの新しい国では、何よりもまず国の基《もと》いを固めるために、いま初めて歴史を創るのだ、と。

師はこうも申されました――革命が不幸を招くことは、わたしもおまえも身を以て知るところではないか。されば王朝の交替はなかったとする歴史は、事実に関わりがあろうとなかろうと、国人のためには幸いであると判ろう。さればこそ、なるべく争いの少ない国であろうとする願いを反映した歴史を創り出すことに、わたしたちも全力を挙げて協力しようではないか。亡命者を快く受け容れてくれた国人のためにも、と。

師はもともと法家の出でした。そのかたが真実など何するものぞ、人の幸せこそが大切とおっしゃるのです。戦乱に妻子を喪われ、この国で第二の人生を生きようと決意なさったとき、師は故国とともに故国の学問をもお捨てになったのです。いかなる理由であれ、国人が互いに殺し合うことのない国は、亡国の民の願うところです。この願いの前には、わたくしもまた、事の正否や真偽など問うところではございませぬ。

＊　＊　＊

日本神話のもうひとつの謎は、天地創造を語りながら、神々は世界の生成ではなく、ただ列島の生成（もちろん北海道を除く）に限ってのみ、関わるところにある。誰もが知っていながら、誰もが不思議としなかったのはなぜか――どんなに控えめに見ても、すでに紀元前後から、朝鮮半島とその背後にある先進国・中国の存在は知られていたのだから。

これに中国側の倭認識と、倭王たちの主張とを重ね合わせると、記紀のプロデューサーが語ろうとしなかった事情が浮かび上がってくる。

四七八年、南朝の宋は倭王・武に対して朝鮮半島南部の宗主権を認めた。つづく南斉も、そして梁も、倭王の宗主権を追認している。六六一年の斉明《さいめい》の西征も、この文脈にしたがって考えるべきではないのか――大化のクーデタで国体を革《あらた》めた政権は、倭の正当な後継者であることの証明のためにも、半島南部に対する宗主権を奪回する必要があった、と。

転回点は、白村江の敗戦とその戦後処理にあったと見るしか、考えようがあるまい（これをしも「敗戦史観」と決めつける眼の持主には、日中戦争も「侵略戦争」とは見えないだろう）。おそらく六七一年に、近江政権は来たるべき唐と新羅との決戦に中立を宣言し、暗に半島からの撤退を、つまりは宗主権の放棄を認めたのではなかったか。

したがって、飛鳥浄御原令が確定したのは「天皇」という称号と「日本」という国号だけではなかった。このとき初めて「海月《くらげ》なす国」倭国は、日本となると同時に領域を列島に限定したのだった。『古事記』はともあれ、中国人にも読まれることを意識して書かれた『日本紀』の天地創造の範囲の奇妙な限定も、このことの神話的表現にほかなるまい。

六七一年、海月なす国は伸縮を止めたが、王権はさらに漂い続けた。同年の天智の死に翌年の壬申の内戦が続き、六七三年の天武の即位は、『日本紀』の論理にしたがえば限りなく革命にちかい。(注1)十三年後、六八六年九月九日の独裁者・天武の死がもたらしかねない動揺を、持統は二年二カ月に及ぶ異様に長い殯《もがり》によって乗り切る。度重なる殯宮儀礼の誄《しのびごと》は、王権への忠誠の度重なる確認であり、南庭の殯宮に横たわる天武の死体は、偉大な大王の霊との共同統治がいまなお継続していることへの保証であった。(注2)

霊との共同統治のあいだに、称制の皇后は、皇位継承の第二の有資格者・大津の粛清を終える。六八八年十一月に天武の埋葬を終え、魔術的な共治体制が消滅すると、翌年には喪のために二年廃してきた元旦の拝礼を復活する——このとき草壁がどのような役割を果たしたのか、あるいは果たせなかったのか、『日本紀』は一言も誌さない。

同じ一月の十八日から二十一日まで、持統は吉野に行幸する。天武との交霊のためか、天武の死の穢れを払うためなのか。草壁の病気平癒の祈願のためか、それとも「統を持」する啓示を受けるためだろうか。『日本紀』はここでも沈黙をまもる——しかし何かが、神秘的な何ごとかが起きた。少なくともカミの(神《ゴッド》のではない)タマフリが実感できたのでは、とわたしは推測する。以後十一年間に三十一回にも及ぶ吉野行幸は、どう考えても、ただごとではない。

二月二十六日、三十二歳の藤原史《ふひと》が（このときはまだ中臣《なかとみ》だが）刑部省の判事として、おそらく初めて表舞台に登場する。三月二十四日の大赦は草壁平癒を願ってのものか、それとも……ともあれ四月十三日には、皇位継承有資格者の筆頭であり、すでに二十八歳に達していた草壁が死を迎える。事の重大さに比べて、『日本紀』の記述は異様に短い。「皇太子草壁皇子尊薨」と、わずかに九文字を数えるのみ。

殯宮は、草壁の住居であった嶋《しま》の宮《みや》からほど遠からぬ、真弓《まゆみ》の岡辺で営まれたらしい。『日本紀』は何も伝えないが、天武の例を踏むなら、十五日には「哭を発し」たであろう。柿本人麻呂が（このときおそらく三十三歳）殯宮の前で初めて挽歌を朗唱したのは、この日から七七の葬礼（六月一日）の間であった――舎人の歌二十三首は時間の経過を反映しているから、その後も折にふれて挽歌は捧げられたと考えるほうが自然だろう。（注3）

七七の葬礼にこだわるのには理由がある。まさにその翌日・六月二日に、『日本紀』はふしぎな記事を載せているからだ。志貴皇子《しきのみこ》をはじめとする七人を主任として「善言撰司《よきことをえらぶつかさ》」なる官庁を発足させる。十九日には唐人の続《しょく》と薩《さつ》にボーナスを与え、二十九日にはいよいよ飛鳥浄御原令二十二巻を発布しようという矢先のこと。持統政権にとっては藤原京造営と並ぶ大事業を前に、なぜ結果としては何ひとつ残さなかったように見える官庁を、わざわざ新設したのだろう。

何か、ふさわしい動機がなくてはならぬ。わたしはそこに女帝の閃きを読む。天武十年（六八一）以来、長年の懸案であった、日本神話＝神代のことどもの主題を摑んだ心の弾みを見てとることが出来はしないか。「善言撰司《よきことをえらぶつかさ》」とは、まさにその事業を担当する部署だったのではなかっ

たか。（注4）
そして、称制皇后の閃きにヒントを与えた言霊《ことだま》こそ、おそらくは七七の葬礼に、草壁の殯宮の前で人麻呂が朗唱した「日並皇子尊《ひなみしみこのみこと》挽歌」であった。

（注1） 持統との共治体制なるものも、あるいは『日本紀』編者の後《あと》知恵によるのかもしれない。国内的にはもちろん女帝の即位を正当化するものだが、対外的にも正統を保証するよすがになっただろう——六六一年の新羅も、初めて「骨品制」の建前を崩して王位継承を行なっている。文武王は聖骨（両親とも王侯貴族の出身者）ではなく、真骨（両親の一方が聖骨の出身者）だったのだから。

（注2） わたしは宮殿の南庭で二度の夏を過ごした屍《しかばね》の腐臭を想像しないではいられない。いかに香を焚こうとも、死のにおいは二年あまりも宮殿を覆っていただろう。天皇としてはもちろん初めての持統の火葬の遺詔も、女帝の合理主義よりは、孫への思いやりを物語っているのではないか。

（注3） 伊藤博は、殯の最終段階「供養の場」での朗唱、たぶん「一周忌での詠」と想定している（『万葉集釈注』参照）。だが舎人《とねり》の歌群を見るかぎり、挽歌の朗唱は必ずしも一度きりのことではなく、一周忌前後に捧げられたものが、決定稿にちかい形で残ったのではなかろうか。

（注4） 岩波古典文学大系『日本書紀』の校注者も通説を受け継ぎながら（范泰の『古今善言』にならって説話を集め、皇族・貴族の子弟の修養に役立つ書物を編集するために設置した宮司、と）、無意識に事の真相に近づいている。編集未了のまま「稿本は書紀編纂の資料となった」らしい、と。

第三章　夏、真弓の岡なる日並皇子尊《ひなみしのみこのみこと》の殯宮《あらきのみや》

哭礼《こくれい》を終えてすっくと立った人麻呂は、よく響く声で朗々と、いきなり追悼の場に天地創造の時を手繰り寄せるのだった「天地《あめつち》の初めなる時」と。

会葬の貴顕の列を、驚きがさざ波のように渡っていく。つづく詩句に驚きはさらに高まり、列席の人々は息を呑んで、互いに顔を見合わせる。「ひさかたの天の河原に、八百万千万神《やおよろずちよろずかみ》の、神集《つど》ひ集ひいまして、神分《はか》り分りし時に……」

略式ながら、初めての葬礼だった。七七すなわち皇太子薨じて四十九日、六月一日の朝のこと。朝霧はすでに岡辺を離れ、木立を縫うように昇っていく。夏の盛りの勁《つよ》い日差しが、肌にうっすらと汗を浮かせる。息詰まるような空気の重さは、必ずしも濃い緑の匂いのせいだけではない。自分が思いもかけぬ神話の世界に引き込まれ、予想だにしなかった神判の立会人になってしまった……そう感じないではいられない、まるで高波に呑まれたような、ひとびとの心の重荷のせいでもあった。

若くして未亡人となった阿閉《あえ》皇女を囲むように、まだ稚《おさな》さの残る三人の遺児たちが固まっている。氷高皇女、軽皇子、吉備内親王。親しかった廷臣が十人あまり。身近に仕えた舎人《とねり》たちすべて。政務が忙しいためか、母の称制皇后の姿は見えない……。

天地《あめつち》の初めなる時
ひさかたの天の河原に　八百万千万神《やおよろずちよろずのかみ》の
神集《かむつど》ひ集ひいまして　神分《はか》り分りし時に

挽歌は天地創造の時を、つづく神々の集会を、そこで支配する領域の判定が行なわれたことを謳《うた》う――天地創造の時、天の広場でほとんどすべての神々の集会が開かれ、相計って支配する領域を定められた。その時のこと、と。

第一段には、遠い日の族人たちによる族長撰びの集会の反映がある。

天照《あま》らす日女《ひめ》の命《みこと》　天をば知らしめす　と
葦原の瑞穂《みづほ》の国を　天地《あめつち》のよりあひの極《きわみ》
知らしめす神の命　と

初稿では、すなわちこの朝は「さしのぼる日女《ひめ》の命《みこと》」と歌ったらしい。ここには、まだ確定にいたらない神話がある——女性《によしよう》の太陽神こそ天界を治めたまう神。地界なる瑞穂《みづほ》の国を、遙かなる時の果てまで、治めたまう神として指名された尊《みこと》こそ、と。

第二段で、すでに太陽神は、男性ではなく女性として歌われている。この観念はどこから伝来したのか。それとも、このとき生まれたのか。しかし冥界の支配者については、まだ何も語られていない。

天雲の八重かきわけて　神下しいませまつりし
高照らす日の皇子《みこ》は
飛鳥の浄御《きよみ》の宮に　神ながら太敷《ふとし》きまして
天皇《すめろぎ》の敷きます国と　天の原石門《いわと》を開き
神上《かむあが》り上りいましぬ

初稿では「天雲の八重雲わけて」また「神登りいましにしかば」と。ここには降臨神話と岩戸隠れ神話の原形が、続けて語られる。しかも浄御原宮の主は天武だから、降臨したのは天武であって、伝承の先王たちとはかかわりがない——幾重にも重なる天雲をかきわけて神々がお下し申し上げた、その太陽の御子は、飛鳥浄御原宮に神として統治なされる。神人王は「この国は天皇の治めるべき国」と言い置いて、天に通じる岩戸を開き、神そのものとなって天界にお上りになった。

第三段で語られるのは、天武が神人王あるいは現人神《あらひとがみ》として、新たに神政王朝を開いたという認識だろう。のちに強調される万世一系の主張にしたがって、この詩句を読むのは間違っている。天皇という聖なる存在は、このとき（六八九年）初めて意識化されたのだから。降臨と昇天こそ、天皇が天皇たりうる属性であって、のちに大嘗祭《だいじょうさい》として様式化される儀式においても、意味付けの中核となるべきものであった。

吾が王《おほきみ》　皇子の命の　天の下知らしめす世は
春花の貴くあらむと　望月《もちづき》の満《たた》はしけむと
天の下四方《よも》の人の　大船の思ひ頼みて
天つ水仰ぎて待つに

「天の下知らしめす世」は、初稿では「食《を》す国」と歌ったらしい。まさに人皇初代のイメージである。そして、王位を継ぐはずであった皇太子・草壁に寄せる期待が、美しい比喩をちりばめながら歌われる――われらが大君・日並《ひなみし》（草壁）の皇子《みこ》が、天の下をお治めになるはずであった。その治世こそは、春の花が咲き匂うごとくめでたくて、満月にも似て満ち足りたものとなろうよと、この国に生きとし生ける者すべて、大船に乗った思いで心安らかにお頼り申し、恵みの雨を待つように仰ぎ見ていたものを。

第四段は、夢想の王国。人麻呂が意識していたかどうかは別として、破れるべき幻想の王国のさまである。

いかさまに思ほしめせか　つれもなき真弓の岡に
宮柱太敷きいまし　御在所《みあらか》を高知りまして
朝ごとに御言《みこと》問はさず　日月の数多《まね》くなりぬる
そこ故に　皇子の宮人　ゆくへ知らずも

結句、初稿では「さす竹の皇子の宮人、ゆくへ知らにす」と歌う。うるわしい期待は無惨にも破れ、現実を前にして途方に暮れるひとびとの姿が、会葬者のイメージにくっきり輪郭を与えるように歌い継がれる——いったい何をお考えになったのだろう。何のゆかりもないはずの真弓の岡に、宮柱も太々とお立てになり、お住いを高みに設けられるとは。来る朝も来る朝もお言葉を給わることなく、いたずらに日を重ね月が過ぎていくばかり。そのために皇子の宮にお仕えする者らは、どうしてよいものかわからないまま、ただただ途方に暮れているのでございます。

人麻呂の朗唱が途切れ、沈鬱な静寂が会葬者を覆う。沈黙が耐え難くなったとき、低いながらに響きの良い声が、人々の思いを代弁する。

ひさかたの天《あめ》見る如く仰ぎ見し
皇子の御門《みかど》の　荒れまく惜しも

――天界を望むように仰ぎ見てきた皇子の宮殿なのに、その宮殿もやがて荒れ果ててしまうであろう。そのことに思いをいたすと、哀傷はつきることがありませぬ。

反歌の一は、現実の思いを映しながら、未来の情景を先取りしている。時の流れの中に人の一生を置いて見るときの哀傷。およそ東洋の人生観に通底する響きのひとつを、「国文学者」たちは、なぜ聞き逃してきたのだろう。それとも宣長の思い込みに引き摺られて「漢心《からごころ》」に心を開こうとしなかっただけなのか。

反歌の二は一転して、まさに人麻呂を人麻呂たらしめる、心情の大いなる飛躍をみごとに成し遂げている。ひたすらに沈潜し縮小し、地上へと引き寄せられてきたイメージを、ここでいっきょに天界に解き放つ。焦点を殯《もがり》の場に向かって絞り込んできた情感を、この歌一首で神話世界に投げ返し、あざやかに天と地の呼応を回復する。

茜《あかね》さす日は照らせれど
烏玉《ぬばたま》の夜渡る月の隠《かく》らく惜しも

――太陽は輝きながら天空をめぐっている。だから、われらは心安んじていられるけれど、夜空を渡る月が隠れて見えないのは、やはり惜しまれてなりませぬ。

月は亡き皇太子を指し、太陽は天武天皇ではなく、いま在る称制皇后を指す。長歌の趣きを受けて、聞き手は天界を統治する日女の命を、日女の命と一体化した持統皇后を思い浮かべるはずだ。

いかにも悲しい出来事ではあるが、世界の原理はいささかも傷つくことなく不滅なのだ、と——ここから、天照大神による、地上の王たるべき天孫指名の神話までは、あとわずかに一歩ではないか。そして月は、ここでは露わには語られていないけれども、冥界の王たる月読尊《つくよみのみこと》を暗示する。『日本紀』はまるで注釈のように誌している——月の神の「光うるわしきこと、日に次げり。以て日に並べて治《しら》すべし。それゆえ、また天に送りまつる」と。

神話世界が現前する言霊《ことだま》のドラマは、かくして、みごとに完結する……ところがここに、後世の注があって、完結したはずの思いを掻き乱す。注は異説を述べる。「この反歌二首は高市皇子尊《たけちのみこのみこと》の殯宮の時の長歌の反歌である」と。そして国文学者は、後注者がそっと忍び込ませた悲劇の証言にはまるで気付かず、あっさりと遣り過ごす。「一九九の長歌の異文系統の反歌として用いられたことがあるのをいうのであろう」（伊藤博、前掲書）と。

目下の主題から逸れるので詳しく触れる余裕はないが、起きたことだけは確認しておこう。この反歌二首は、高市挽歌の反歌にあたる「短歌二首」のすぐ後にも、人麻呂自身によって続けて歌われた。この二首を欠いては、壮大な高市挽歌は完結しない。そのことを、後注者は何としても伝えたかったのだった。そしてまた、その行為が人麻呂の持統朝における令外《りょうげ》の高位からの、転落のきっかけとなり悲劇の発端ともなったことを——たとえるなら天智朝の内臣に似た、持統朝の霊的な内臣とも言うべき、特殊な高い地位であったのだが。

それでは「或本の歌一首」とは何か。人麻呂は幾巻もあったにちがいない歌巻のひとつで、草壁挽歌から反歌二首を抹消し、代わりにこの歌を添えておいたのだろう。朗唱されたことは、あるいは一度もなかったかもしれないけれども。

嶋の宮　勾《まがり》の池の放ち鳥
人目に恋ひて池に潜《かづ》かず

――嶋の宮の勾玉《まがたま》を象《かたど》る池に放たれた水鳥たち。あの鳥たちさえ主《あるじ》なる人の目を恋い慕って池に潜ろうともしない……わたしたちと同じに、茫然と、心ここにないさまで。

神話世界の壮大さはないが、心に沁みる可憐さがあって、やはり秀歌に数えていい。そして、優しかったであろう幸薄い草壁皇子を偲ばせる、公式の反歌よりむしろふさわしい一首と言えるのではなかろうか。

歌は翼を得て、飛鳥の空をめぐる。殯宮での挽歌が称制皇后の耳に届くには、いくらの時もかからなかった。深沈《しめやか》なる心の闇の部分ではいざ知らず、公式の、表となる部分では、皇后の思いをそのまま謳い上げたとさえ思われる歌。いかめしい持統の頬がわずかに緩む。急使がただちに、人麻呂の許へと飛んだ。

第四章　「いにしへも　しかにあれこそ」

たしかに何かが、浄御原宮のあたりにただよっていた何か重苦しく鬱陶しいものが、この日を境に吹っ切れたようだった。

六月十九日、六八一年以来の課題であった令が、ついに施行される。中臣鎌足撰と伝える近江令は、とうてい体系的法典とは言えなかったらしい。そうなると、飛鳥浄御原令二十二巻は、名実をともに備えたわが国初めての法典という、輝かしい栄光に彩られて姿を顕わしたことになる。

持統は果たして草壁の即位を際立たせるために、初めての体系を持つ法典を、息子の手で発布させるつもりで準備していたのか。それとも、草壁皇太子の死がみずからの望むとおりに受容されたのを見定めて——日は照らせれど、月の隠らく惜しも——決然と本格的な統治に踏み出したのか。

秋七月、練兵場を築かせることにし、その一方で北方の越《こし》の蝦夷に懐柔の手を打つ。翌八月、天神地祇《てんしんちぎ》の祀りを主催し、四日には二度目の吉野行幸を行なって、深秘《じんぴ》のタマフリを享《う》ける。二十三日、閲兵。閏八月には、庚午年籍《こうごねんじゃく》以後二十年ぶりに戸籍づくりに着手（庚寅年籍として完成）、同時に浮浪者（本籍地を離れている者ども）取り締まりと、兵制の基本を指示。翌月にわたって、今度は西方の九州防御体制をチェックする。

冬十月、奈良盆地防衛の最後の砦・高安城に行幸。女性ながら、武力に支えられた天武の政権を継承することに手落ちはない。懸案が一段落すると、皇后は皇族間の根回しをも含む、即位の準備に全力を傾けたらしい。なにしろ旧来の大王制のありかたからすれば、いまや高市こそ、王位継承の第一候補なのだから……この年の残り、『日本紀』が記録するのは、わずかに十二月八日の双六《すごろく》禁止令のみである。

翌年（六九〇）元旦、称制も三年を越えた皇后は、ついに王権のレガリア「剣と鏡」を受けて即位する。天皇《すめろぎ》となった持統は、荘重な新年の拝賀の礼を受け……。

『万葉集注釈』二〇巻を残した沢瀉久孝は、日並挽歌について、『古事記』や『祝詞』（六月晦大祓）と表現が類似していることを指摘する。その上で、日並挽歌の方が古いのだから、引用ではなく共通の「古伝誦の文によったものと見るべき」だと主張している――その主張は、結果的に「原古事記」の存在を認めることに通じるのだが、もちろんそこまで踏み込む素振りなど沢瀉は見せない。

いっぽう『万葉集釈注』一〇巻を一九九九年に完成したばかりの伊藤博は、天武を「天照らす日女の命」と同格に扱っていることに注目しながら、なぜか天武と持統の和風諡号が喚び起こす微妙な連想には触れようとしない――「天渟中原瀛真人《あまのぬなはらおきのまひと》」は降臨する神の姿を、「高天原広野姫《たかまのはらひろのひめ》」は天界の女王のイメージを、目に見るままに描写したようにさえ聞こえるのに。そのとき寓意は二重になって、いやでも歴史編集との関わりを論じないでは済ませなくなるはずなのだが。

さらに伊藤は、降臨から昇天にいたる詩句を、ニニギから天武に至る「悠久の時間の流れを天武天皇一代の統治の中に封じこめることで、神代を現《うつ》し代に呼びこ」む卓抜な技巧とのみ解釈しようとする。そのことで日並挽歌がわがくにの歴史編集に果たした驚くべき役割にも、思想のオリジナリティーにも目をつぶり、日本神話はすでに同質のイデオロギーをそなえて成立していたかのような錯覚に導く――沢瀉も指摘しているように、『古事記』撰進は二十三年後だし、『日本紀』はさらに八年後のことなのに。

伊藤によれば「天武天皇を日女の神の直接の子の神とし、以後を天皇《すめろぎ》と見るこの歌の意識では草壁皇子が人皇第一代なので」、挽歌の主調音「神統譜挫折の失望」はひときわ強調され、聞くものの胸を搏《う》つと言う。果たして、そんなきれいごとで片づけていいものだろうか――主眼はじつは反歌二の寓意にあったのではないか。天皇にふさう存在は現におわすのだから、称制という仮の姿など必要でない。たしかに皇太子の死は惜しまれるが、それによって体制はみじんも揺るぎはしない、と。

わたしには、人麻呂は危うい綱渡りを、心情の圧倒的な畳み掛けというアクロバットで辛うじて乗り切ったように見える。草壁の死は、神人王の予言が果たされなかった矛盾を露呈している。論理的に見れば、神人王の属性に反する出来事であろう。そもそも天皇霊は不滅ではなかったのか？あれほど度々、草壁は殯宮儀礼を主宰しておきながら、天皇霊のリレーには失敗してしまったのか？　人麻呂の呪力に満ちた歌は、この根本的な論理的矛盾を、言霊《ことだま》の魔力を借りて超克する。少なくとも、現《うつ》し代の会衆には気付かせなかった。それどころか、呪力は後世までも支配してしまうのである。

さすがに伊藤は、危うさに気付いている。気付きながらも、言霊の呪力を振り切れないままに、こう言い切ってしまう――「この荘重雄渾な詩には、表現が時代をつくりだし、事実を導いて普遍化してしまうような迫力がある。ある意味では危険だが、時代や社会に心から共鳴している人には、これほど貴重な美や真はないのであった」と。

実際に存在したのは、たしかに圧倒的な迫力をそなえていたにしろ、人麻呂のクレド、信仰告白にすぎない。「事実を導いて」とは事実の意味を組み替えてと言い切るべきところだし、「貴重な美や真」と見えるものもデマゴギーでありうると指摘しておくべきところだ。

挽歌は言霊の魔力を教え、天皇の聖化にも同じメカニズムが働いていることを教えているのだが、聞き手も人麻呂自身も、そのことに気付いていない。まさにその目くらましの力が、西欧風に言うなら女王付魔術師（たとえばアーサー王伝説のマーリン）にもたとえるべき高位に、人麻呂を押し上げていったのだった。

「一言主《ひとことぬしのみこと》命 神社の巫女にふたたび憑依して、史《ふびと》は語った」

たしかにこのくにの殯宮の儀礼は、礼のくに中国にもまして丁重ですとも。意味は少しずれているように見受けられますが……このくにでは殯宮儀礼が何度も繰り返される場合がございますが、中国では一度だけですし、そもそも誄《しのびごと》の内容が違うようです。中国では弔辞そのものですが、このくにでは殯宮の主《あるじ》への忠誠の誓いと申しますか、服属の誓いのような趣きが聞き取れます。

古来、霊への畏れが強くあるために、このくにでは礼のなかでも凶礼（葬礼）が、とりわけ重んじられるのではないか。そのように説かれる方もございますが、むしろ服属の意思表示の場にもなるという、このくにの政治の基本にかかわる部分を含む形に変わったせいではありますまいか。つまり服属は、中国のように皇帝という地位に対するものではなく、大王《おほきみ》個人に対するものであった。そのため代替わりの度に改めて誓う必要があり、その誓いが厳粛な殯宮儀礼の中に組み込まれた結果なのだと考えれば、わたくしにも納得がまいります。

おっしゃるとおり中国では、礼を国の政治の基本と考えております。ごぞんじのとおり、吉礼（祖霊への祭祀）・凶礼（葬儀と服喪）・嘉礼（冠婚から家族倫理の中核部分までを含む）・賓礼（外交）・軍礼（軍事、また戦争）と五礼を数えます。五礼によってイエの「礼による秩序」を維持し、ひいてはイエの集合体である国に、礼による秩序をもたらす。儒家の考える政治とはそういうもので、五礼それぞれに欠いてはならず、とりわけ凶礼を重視しているとは申せませぬ。

ところがこのくにでは、殯宮儀礼つまりは凶礼ひとつに、五礼の役割を集約して担わせているのではありますまいか。モガリの慣わしはもともとあったものですから、そのほうが受け容れやすかったという事情もありましょう。加えて、どなたがお考えになったことか分かりかねますが、もうひとつ驚くべき仕組みが隠されているように思えるのでございます。

比べてみて初めて判ることですが、国制が定まるのは、中国の場合、律令と礼典がともに編集されたときであると見なします。ところがこのくにでは、浄御原令のあと急がれたのは、礼典ではなく歴史の策定でございました。きわだつ相違と申せましょう。

中国では「礼」は皇帝の権力を正当なものと納得させる原理ですが、同時に国を超えた普遍性を持つ原理でもあるので、皇帝といえども礼の秩序には従わねばなりません。ここが「法」と異なるところなのです。法は皇帝が制定して一方的に臣下に与えるものですから、皇帝を縛ることはできない——皇帝は法を超越した存在ではあるが、礼を超えることはできないのです。礼に背いたときは天命に反したものと見なされ、革命つまりは王朝の転覆も正当化されることになります。すなわち、内戦もまた正しいとされることが起こり得るのです。

いっぽうこのくにでは、礼は原理ではなく儀礼として、令のなかに条文として吸収されたように見受けられます。この場合、天皇《すめろぎ》は法を超越すると同時に、法体系の中に吸収された礼をも超越できることになります。微妙な変異に見えるものが、実際は抜本的な変改《へんがへ》を蒙っている——これからは、このくにでは革命も内戦も、けっして正当化されないことになるのですから。

それでは法をも包摂する原理は、このくにには存在しないのか、なくて済ませているのか。そうお訊ねなのですか。とんでもない、ございますとも。げんにあなたさまも、その原理に従って、日々をお過ごしになっているではありませんか。あまりにも日常的に身近に存在するので、あらためて原理などとお考えになったことがないというだけのこと。わたくしども外国《とつくに》からまいった者の目には、いかにも鮮明に、また訝《いぶ》かしくも映ります。さて……「現人神《あらひとがみ》の原理」とでも申せばよろしいでしょうか。

唐土の神話時代ほどにも古い宗教のようにも、狡智を秘めたひどく新しい宗教のようにも思えるのですが、このくにでは人倫の根拠は原理ではなくカミにあるのです。国を超える普遍的な原理ではなく、このくに独自の存在ではありますが、神であり人でもある――あるいは神が仮に人としてこの世に降り立ったとする存在を、人倫の根拠と捉える信仰とでも申しましょうか。

だからこそ、このくにでは令法に次いで歴史の策定に、力を注がれるのだと思います。なぜならば現人神の神話こそ、中国の礼典に代わって、律令とともに統治の両輪となるものであり……わたくしはここでも師のことばを、透徹した洞察力を、あらためて深い感慨を籠めて思い浮かべるのです。師は申されました――この新しい国では、何よりもまず国の基《もと》いを固めるために、いま初めて歴史を創るのだ、と。

先ほどは狡智と申しましたが、英知でもあると申せましょうか。神話は同時に神話の適用範囲を大八洲《おおやしま》に限定していて、まさにその限りにおいて、このくにの人倫は有効なのです。いや、信仰ですから、絶対なのだと言い直すべきかもしれませぬ……唐人らしい奇矯な言を弄するとお思いですか。では例をあげて御説明申しましょう。

まず皇帝は、祭祀を行なう者です。天と地の媒介者ではありますが、あくまで人です。ところが天皇《すめろぎ》は祀られる側であって、祀るのは神祇官です。天皇がみずから行なう祀りは、アマテラスの霊性を身に着ける大嘗祭しかありませぬ――そのことによって、民草はもちろん、天つ神国つ神の奉仕を受ける存在に変容なさるのですから。そう、蛹《さなぎ》が蝶に変わるようにです。

朝参も形こそ似ているものの、意味はずいぶん違っています。唐の三朝制がこのくにでは朝庭ひとつに纏められたのも、官人の数を考えれば、ごく当然の変更のように見えましょう。寅の刻（午前四時頃）に百官は朝廷の南門の外に並び、日の出とともに朝廷の庭に入って天皇を拝し、午前は朝堂で午後はおのおの宮司の曹司に分かれて執務する――たんなる服務規定に過ぎないものが、このくにでは天皇の宗教的権威のもとに、族長たちを官僚として序列化する儀式に、つまりは「朝礼」なるものに変わっているではありませんか。

ごぞんじのとおり、「礼」はヤマトの言葉では「ヰヤ」と申します。意味は「うやまうこと」ですから、もっぱら人間関係の上下にかかわる考え方になってしまいます。したがって「礼《ヰヤ》び」はその動作を、「礼《ヰ》まひ」は相手を尊んでヰヤを尽くすことを、また「礼《ヰヤ》やか」（礼儀にかなったさま）とか「礼礼《ヰヤヰヤ》し」（いかにも礼儀正しい）とか、讃め言葉に使われることはあっても……「礼」が天命とか天意とかにかかわる、いわば絶対に通じる言葉であった名残りなど、もののみごとに拭い取られてしまうのです。

先ほども申しましたが、「礼とはヰヤのこと」というのは、大八洲の中だけで通用する貨幣に過ぎません。けれどもこのくにの神話は、この世もまた大八洲に限っていますから、まさしく平仄《ひょうそく》はぴたりと合っております。だからこそ、その限りにおいては、ヰヤが礼の普遍性を持たなくとも、それはそれで構わない。大八洲の中では正しいのです。

けっして誤解なさいませんように。わたくしはただ、中国で言う「歴史」と、このくにで言う「歴史」とでは、言葉は同じでも意味するところはまったく違うことを申し上げたかっただけなのです。

中国の国人にとっては、歴史とは史実を確定することで天意を知り後世の政治に資するためのもの。このくにの国人にとっては、歴史とは中国の礼典に代わるものでもあって、イニシヘを知ってウツセミの行動の導きとすべきもの。

わたくしはいま、ふたたび師の言葉を思い浮かべています――事実に関わりがあろうとなかろうと、さようなことはさして大切ではない。亡命という非運を味あわねばならなかったわれらだからこそ、このくにの国人のために幸いをもたらすであろう「歴史」を創り出すために、全力を挙げて協力しようではないか、と。

第五章　六九二年三月三日、ふたたび浄御原宮にて

持統六年三月三日朝、朝廷はふいに、かつてない異様な緊張に包まれた。中納言として台閣の一員であり、何よりも古来の大和豪族を代表する名門・大三輪氏の族長・高市麻呂が、あろうことか冠《かうぶり》を脱いで御門《みかど》に捧げたからだった。

その場に居合わせた誰もが、事の重大さを十二分に心得ていた。女帝が三月三日から伊勢に行幸する旨の詔を下したのは、二月十一日のこと。十九日になって、高市麻呂が伊勢行幸を思い止まるよう直諫《ちょっかん》する上表文を呈上した。理由は農繁期の妨げになる故となってはいたが、まことの理由は別にあることも、台閣の全員が読み取っていた。

高市麻呂は大和の諸豪族を代表して、ヤマトのオホキミにふさわしく振舞うことを、持統に要求したのだった。ヤマトのオホキミは国の稲魂《いなだま》を祝福し、その身に備わる呪力でもって、農事の栄えを守護するはずではなかったか。古《いにしへ》からの聖なる務めを果たすためには、この大切な時期に大和を留守にすることなど許されぬはず。ましてそれが、こともあろうに新来の伊勢の神のタマフリを受

けるためなどとは、何を血迷っておわすのか、と。

事は国の基本にかかわる。国魂《くにだま》の怒りを買ってはならぬという主張は、持統のとなえる天武以来の現人神《あらひとがみ》たる天皇の優越性を、真っ向から否定するものだった。加えて、いったん下した詔を変更することは、オホキミといえども重要案件については豪族会議の決定を必要とするという、天智以前の不文律に戻るべきだとする、旧派の無言の要求に屈することにもなるだろう。

持統が上表文を無視し、何ごともなかったように、三日の朝庭で飛鳥の留守官を任命したのも当然だろう。そのときだった、高市麻呂が冠を脱いだのは――冠を脱いで捧げるとは、辞表を提出して、自分の主張を容れて協力者の地位に留めるか、さもなくば台閣を去らせて反政権側に追いやるか、女帝に二者択一を迫ったことになる。

その場の異様な雰囲気を伝えようとしたのか、『日本紀』はめずらしく、高市麻呂の台詞まで引用している――辞表を手に、族長は重ねて諫言した、「農作の季節です。いまは行幸などなさるべきではない」と。

専制のくにだから、もちろんその場で死を賜わることもありうる。高市麻呂のほうにしても、たんに覚悟の上というだけではあるまい。当然ながら、対抗手段も手配りしてあったはずだ。その背後には、ただに大三輪氏のみならず、大和の諸豪族が控えていたと見ていい。

おそらくは持統の称制体制以来くすぶりつづけてきた、旧派と新派の対立が表面化した瞬間だった。まさに一触即発の危機を、「大度ある」持統は拒否も承諾もせず無言で席を立ち、辞意を預かり置く形をとることによって回避する。反撃は素早く、高市麻呂の背後にある勢力を屈服させるのに、女帝はわずか二日しか必要としなかったらしい。三日後の三月六日、持統は伊勢に出発し、ゆるゆると二十日まで行幸の旅をつづけた。

女王付魔術師・人麻呂は、このとき宮に残っている。内密の重大任務を帯びてであった……このとき成ったのが世に言う「原万葉」、現人神信仰の、あるいは天皇主義《スメロギズム》の、最初の聖書である。

なぜ、そこまで、はっきり言い切れるのか。

周知の通り『万葉集』は最初で最大の古代詞華集であるにもかかわらず、勅撰集ではない。万葉は正負ともに、ときの政権と深くかかわるために、公的に見るなら浮沈を繰り返した。それゆえ、何ごとも露わに語られることはない。だが同時に後世に伝えるべく、事の次第の証言は、秘かにではあっても忍び込ませてある——表向き語られなかったことは存在しなかったことにしておこう、そういうまことにもって「慎重な」気風が、歴史学者も国文学者もともどもに支配し続けてきたというだけのことに過ぎない。

証言は、いくつもの縁起《えんぎ》を物語る歌群が語っている。後に続く「元正万葉」の編集についても「佐保万葉」の編集についても。そしてまた「聖武万葉」の中断をめぐっても「光仁万葉」の中断をめぐっても。

もちろん「原万葉」についても、縁起の歌群は存在している。いわゆる「留京三首」と、それに続く二首（歌番号四〇～四四）なのだが、いままでの解釈はどれも問題を回避するばかりで、当然浮かんできたはずの疑問に答えようとしない——留京三首がなぜ「吉野行幸歌」と「軽皇子魂振《たまふり》歌」という、きわめて重要な歌群に挟まれるかたちで挿入されたのか。つづく二首は先入観なしに読めば誰の目にも相聞歌なのに、詠い手ふたりには何の関係も見つからないのはなぜか。

『万葉集』の編集は、九五一年に始まる定本化の作業まで含めるなら、七次に及ぶ。そのたびに、縁起の歌群は際立たせられたり、曖昧化されたりしたように見えるのだが……いまは先に進もう、歌群の意味するところについては第三部で触れることにして。

少なくとも中国ふうの意味で言うなら、記紀はとうてい歴史書とは呼びがたい、たしかに事実のかけらは存在するのだが……たとえるなら、あるいは影絵芝居がふさわしいかもしれない。だがこの影絵芝居ときたら、光源が一定ではなくて、恣意的に動きまわるのである。

したがって、影絵から事実のかけらを見出すためには、推理もまた一筋縄では誤る。多元的でなくては叶わぬ。まことに容易な技ではないが、見方を変えれば、これほどスリリングな謎解きゲームもないかもしれない——ただしこのフィクションが、いまなおわたしたちの「歴史」を覆い隠し、折にふれてわたしたちを縛りにかかる重苦しさを忘れていられるならだけれども。

たとえば継体後の動乱が収束したあたりを起点とするなら、万世一系《ばんせいいっけい》という枷《かせ》を嵌めた上で紀元をほぼ一千年も遡らせたせいで、記紀の編者はどれほどの知的アクロバットを強いられたか。北九州王権の歴史に、吉備の王権や大和のいくつかの王権の歴史を、時代をずらせながら単一の王朝であるかのように継ぎ足す。さらには武力によって瀬戸内世界を中心に北九州から東海まで、いちおうの統一を果たした外来の王権を前代に繋げ、後代との断絶の溝をも埋めなければならないわけだから……興味は尽きないが、いまは愉しみにふける余裕はない。国家イデオロギーにのみ焦点を絞って、それも朧ろにしか見えない道標だけを確認しておこう。

祖霊信仰があり、氏族共同の祖霊信仰が氏神となり、土地と結びついて国魂ともなる。したがって豪族連合の時代には神々はまさに八百万《やおよろず》であって、神々の序列は神学ではなく、豪族の力によって定まった。序列は豪族の盛衰によって絶えず変動し、しかも連合国家の意志は「神集《つど》ひ」の場における族長たちの評定によって決定した。

『日本紀』の伝える五五二年の仏教伝来が、初めて国家神学の可能性をもたらす。だが、そのことに気付いたのは蘇我氏だけで、大王家の反応は呪物崇拝に変わらぬ——仏ノ顔キラキラシ、と。勢力争いを重ね合わせた倭国最初の宗教戦争、蘇我《そが》氏対物部《もののべ》氏の「神仏の争い」があった。勝利を収めた蘇我氏は、仏教を利用して大王家から祭政権を奪取する着想を、しだいに現実化していく。厩戸《うまやど》（聖徳太子）は個人の信仰と大王家の利害との板挟みとなって、政治から身を引いてしまう。神祇の家の危機に大王家の危機を重ねた発条《ばね》がはじけて、大化のクーデタを産み落とす。

孝徳は儒教イデオロギーの移植を焦り、斉明は中国の皇帝にならって天の声を聞こうとつとめたものの、やはり国家の統合を果たす原動力とはならなかった。天智はついに、権威の確立を前王朝の宗主権を回復する冒険に賭け、白村江に敗れて唐ふうの「古代化」を急ぐ。天武は内戦の勝者として専制君主に近づいたものの、カミではありえても（王《おほきみ》は神にしませば）、ついにゴッドにはなれなかった。

持統は長い殯《もがり》によって天武のカリスマを受け継ぐ、だが、そもそもカリスマは、個人の資質を前提とするものだから、必ずしも次代に継承はできない。カリスマを欠く後継者が続けば、いつの日か、三輪高市麻呂をリーダーとするヤオヨロズノカミ・イデオロギーの巻き返しに敗れるときが来よう……。

持統は人麻呂の日並《ひなみし》挽歌に、新しい神学の萌芽を直感した。吉野行幸歌も期待を裏切るものではなかった。いま持統が必要としているのは、この若木を大樹に育て上げる魔術だった。ただちに大樹となることは無理であっても、少なくとも樹木らしい樹木に育てておかなければ。国人を説得できる体系的な論理までは備えられなくとも、せめて心情的に共感を克ち取るだけの言霊の力までは準備しておかなければ……。

魔術師はみごとに女王の要請に応えた。第二の吉野行幸歌は叙景歌などではない。第一と第二の吉野行幸歌の間の跳躍のめざましさこそが、人麻呂の魔術の秘密を、新しい神学の核心を物語るだろう。

［高鴨神社の巫女にふたたび憑依して、妥女は語った］

主上がお胸のうちにどのような謀《はかりごと》を秘めておわしたのか、どうしてわたくしごときに計り知ることができましょう。伊勢の行宮《あんぐう》から志摩の行宮へ、車駕はまるで何かの報せを待つように、いつにもましてゆるゆると進んでまいります。お供をしながら、女官一同、口にこそ出しはいたしませんが、胸のつぶれる思いを味わうばかりでございました。

高市麻呂さまの諫言のことは誰もが聞き知っておりました。女官の中にさえ、蔭では賛同する者がいたほどでございます。まして昔からの大氏族の方々にとっては、程度の差こそあれ、どこか新風に馴染まぬ思いを抱いておられたのではありますまいか。

このような非常時にこそ、壬申の戦さの大将軍でもあられた高市皇子尊を留守官にと存じましたのに、主上は何をお考えになったのか、行幸の先触れをお命じになりました。ですから、長い旅のあいだ、わたくしどもが皇子尊のお姿を拝したことは一度もございませんでした。

軍事は広瀬王さま、神祇は当摩智徳《たぎまのちとこ》さま、民事は紀弓張さまと、それなりに留守官はいらっしゃるにしても、こう申しては何ですが、けっして当代一流の方々とは……果たして変事に迅速に対応できるかどうか。誰が見ても危ういゆえ、かえって誘いの隙かも知れぬと申すものさえいたほどでございます。

主上がお気に入りの二人をともに京に残して来られたことは、お側近くに仕える女官なら存じていて、心頼みはそのお二方ではございましたが……もちろん、内廷の柿本人麻呂さまと、外廷の中臣史《ふひと》さまです。ごぞんじのとおり、人麻呂さまは大三輪氏に並ぶ大春日氏に連なるお方ですし、史さまは知謀並びないと謳われた近江朝の内臣《うちつおみ》・鎌足さまの御子ですから……とはいえ、無事、浄御原宮に帰り着くまでは、正直申して心安まるときなどございませんでした。

帰京の翌日は、午後も早くから、女官たちをねぎらう催しが開かれました。随行の者、留守をまもった者を問わず、広廂《ひろひさし》に女官一同うちつどったところで、東庭に面した御簾がすべて巻き上げられます。東庭には仮の舞台がしつらえてあり、華やいだ衣装の伎人《わざびと》どもがずらりと平伏しておりました。

ふと見ると、主上も障子をへだてた広廂奥までお出ましになり、ゆったりと唐風の椅子に腰掛けていらっしゃいます。傍らには人麻呂さまが、やや緊張したお顔でお立ちになっているのでした。人麻呂さまの合図で伎人どもはいっせいに立ち上がって舞台の上に散らばり……すると音曲からも所作からも、愉しげな春の菜摘みとわかります。

そこへいかつい狩衣《かりぎぬ》姿の男が現われ、娘たちの中でもとりわけ美々しく装った娘に向かって歌いかけます。女官たちの間にかすかな動揺が走りました。春の菜摘みは氏神さまへの奉仕であって、きわだつ娘が斎女であることなど、みなよく存じております。みながそれぞれ豪族の娘として、一度は務めたことのある役目ですから。

ところが、注連縄《しめなわ》をめぐらせた聖なる結界に男が足を踏み入れるなど、許されることではありませぬ。まして、斎女に気やすく言葉をかけるなど、けっしてあってはならぬことでございますから……。

それからのひととき、わたくしどもは次々に繰り広げられる物語の世界に息を詰め、すっかり擒《とりこ》になっておりました。なかには以前にも何度か見せていただいた舞台もございましたが、わたくしどもの感慨はけっして同じではなかったのです。次々に繰り広げられる、ひと連なりの物語の中に置いて見ますと、同じ舞台がまったく違う意味を持って迫ってくる。そのように感じられたせいでもございましょうか。

人麻呂さまは主上のお言葉にお答え申したり、階《きざはし》まで降りて伎人に注意を与えたり、音曲の合図をなさったり、たいそうお忙しそうでしたが……そうそう、最後の舞台では階に立って、所作に合わせて自ら朗唱を受け持たれました。拍手に拍手が続いたことは、申すまでもございませんでしょう。

主上もまことに愉しげに御機嫌もうるわしく、明日にでも朝庭に百官を集めてこの舞台を見せることにしてはどうかと、わたくしどもにまで御下問なさるのでした……。

第二部　聖歌劇「日本讃歌」の復原

第一幕　新たなる国、新たなる王権——倭国から日本へ、大王から天皇へ

わたしたちが試みたおおまかなグループ分けによれば、原万葉歌巻の巻頭を飾る「王権にかかわる歌」のグループは、四首を数える（＊印＝長歌）。

一＊（雄略）　篭もよ　み篭持ち……
二＊（舒明）　大和には　群山あれど……
三＊（中皇命）やすみしし　わご大君の……
四　（同）　たまきはる　宇智の大野に　馬並めて……

冒頭の語り　イニシへの世界——大王《オホキミ》ワカタケの求婚の歌劇

王国統一の語り。付、国つ神の掟を超える天つ神の語り

籠《こ》もよ　み籠持ち　ふくしもよ　みぶくし持ち

此の岳《をか》に　菜採《つ》ます児《こ》　家聞かな　名告《の》らさね
そらみつ　大和の国は　おしなべて　吾《あ》こそ居《を》れ　しきなべて　吾こそ座《ま》せ
我こそば告らめ　家をも名をも

おお　籠よ　すてきな籠を持って　おお　箆《へら》よ　すてきな箆を持って
この丘辺で　若菜を摘んでるお嬢さん
どの家のお方かな　名前を教えてくれないか

歌だけを切り離して、設定抜きで読むなら、この巻頭歌ははっきり二段に分かれている。聞こえてくる響きも、前半と後半とでは違う。前半の大意はこんなところだろう。いかにもたどたどしい歌い出しで、いまも雲南高原に残る「歌垣」の情景を喚び起こす――山本健吉も「何か童話的な感じのする牧歌調」を聞き取り、「もっとも古調」を示していると考える（山本健吉・池田弥三郎『万葉百歌』一九六三）。

この歌の前半は、おそらく歌垣などで唄われた伝承歌であり、民謡として広く知られた歌だったろう。ところがこの後に、押しつけがましくて感じの悪い後半（まちがいなく原万葉編者の補作だろう。ちなみに中西進も「そらみつ……吾こそ座せ」の部分を「若菜摘みの歌が雄略物語にとり入れられた」時点での「挿入」と見ている）が加わると、とたんに前半が喚起する情景はがらりと一変する。

何しろ大王が敬語を使っているのだから、娘はただの村娘ではなくて豪族の娘であり、春の菜摘みはただの野遊びではなくて氏神に奉仕する神事であり、そうなると丘辺も結界をめぐらせた神事のための聖域となる。

おお　籠よ（神事のための）吉祥の籠を持って　おお　篦よ　吉祥の篦を持って
この（聖なる）丘辺で（春の神事の）若菜摘みをなさってる乙女よ
どの氏《うじ》の方か聞かせてほしい　わしに名告ってくれぬか
大いなる　大和の国は
何から何まで　このわしが従えたところ　隅から隅まで　このわしが治めるところ
その大王たるわしから　まず名告ろうぞ　家も名も
（こうしてわしが名告った以上　そなたも答えぬでは済まされまいぞ）

古代、男が女に名を問うことは、求愛を意味した。「そらみつ」は「大和」にかかる枕詞だが、意味は未詳。口誦の音声が喚び起こすのは巨大さのイメージであって、歌い手とされる治天下大王オホハツセ・ワカタケにふさわしい（雄略は倭王武に比定されるが、武もまた、宋への上表文で、武力による倭国統一を誇っている）。しかし、わたしたちとしては「国家統一を成し遂げた古王朝の伝説のオホキミ」くらいの受け取り方でいいのではないか。歌い手を雄略とみなしたのは頭注者の判断なのだから。

巻頭の歌は、とりわけ『万葉集』において、その歌巻の主調音を決定する。ところが一首だけ切り取って読もうとすると、いきなり解き難い謎にぶつかってしまう。

1　この求婚の歌が、なぜ「相聞《そうもん》」でなく「雑歌《ぞうか》」に分類されたのか。巻一の「雑歌」とは、池田弥三郎も言うとおり「歴史的背景をもった歌」のはずではなかったか。

2　標目をそのまま受け取る立場を取ると、なぜ二番歌との間に十二代もの空白を置くことになったのか。なぜ舒明の謡う二番歌を冒頭に据えなかったのか。

3　巻頭歌は雄略の実作ではなく、雄略に仮託された歌であることは誰しもが認めるところ。だがそれでは、なぜ娘の答える歌も、仮託して並べておかなかったのか。

巻頭歌の意味は重い。なぜ、前半と後半の間に軋みが残る歌を、編者は開巻冒頭に置いたのか。そこで沢瀉久孝は、この不協和音が耳障りな歌をしも「万葉集といふ歌集の巻頭第一を飾るにふさわしい佳品」と賛嘆せざるをえなくなる。「伝誦歌謡らしい美しさ」と「素朴な民謡性」がその理由だが（『万葉集注釈』全二十巻のうち「巻第一」一九五七）、賛辞は前半部のもので、後半部には関わりがない。

山本健吉は、後半部の「物々しさ」を「威圧的でなく、かえってユーモラス」と受け取り、妙な遁辞を用意する。「こういう歌では、あまり理詰めに考えると、考え過ぎになってしまう」と。ちょっと引っ掛かるが、ま、気にしないでおきましょうや。そう言う意味なんだろうか。

伊藤博の答えは、さすがに精緻だが、そのぶん強引さが目立つ。「開巻冒頭歌は、大和の王者の成婚を示す、たいへんめでたい歌」であって、「雄略天皇を主人公とする原始的な歌劇の中で、天皇の春の国見歌として身振りや所作を伴いながらうたわれた歌と見なされる」と。そして、ちょっと無理がある「国見歌」という見立てを（だって「求婚歌」でしょう）さりげなくキー・ワードに変えて、ついでに十二代の空白まで飛び越えてみせる。

「ともに春の生産の予祝にかかわるめでたい歌という点で、冒頭歌は二番歌にすべりつづき、二番歌は冒頭歌に潜在しているものをあらわにうけとめる（中略）むろん万葉編者の意識したものであろう」と説くのだが、はたしてそうか。国家統一の語りをともなったことを見過ごしてしまうと、歌の受け取り方は、すっかり変わってしまう。

だがいまは、ことの検分に取り掛かる前に、まず伊藤博の「原始的な歌劇」を見よう。

前半　歌い出しは「〈3・4・5・6〉と一音ずつせり上がる韻律で」「天皇の感動の高まりに」対応し、その感動の高まりに呼応して「娘子の姿は鮮度を増し、大和の春の山野に美しく舞う」。けれども、前半の終りで、乙女は「木陰などにいったん身をひそめてしまう」。「女は相手を好もしく思っても、一度は拒否する習わし」だったから。

後半　天皇は木陰を見つめ「そらみつ……吾こそ座せ」と謡う。そこで「娘子がちらりと顔をのぞかせる」。謡い終わったあと、「木陰から出てきた娘子が」何も言わず、問い掛けの歌に返しの歌さえも謡わず、いそいそと（？）「天皇につき従い、衆人によって拍手喝采される所作」のうちに終幕となる。

何とまあ、たわいのない。歌垣はもっと迫力のある（ときにはディオニュソスの祀りにさえ近づいたであろう）神事だったはずだ。こんなことで、はたして「春の生産の予祝」になるんだろうか。

それでは「原万葉」歌巻の巻頭を飾るのは、切り離された一首ではなく歌群であると考えた場合、どのような語りを伴う歌劇が姿を現わすのだろう。

まず、伝説の大王ワカタケが登場し、竪琴の調べに乗せて「武力による国土統一」のさまが語られる――じつはワカタケは、ほぼ二十年後に成立したとされる『古事記』でも、竪琴を手に登場する。

呉床居《あぐらい》の　神の御手もち　弾く琴に　舞する女《おみな》　常世《とこよ》にもがも
胡床に脚を組んで坐り　聖なる神の手でもって　わしは琴を弾く
わしの琴の調べに乗って　舞う女　あの女の美しさはどうだ
（ただの人間に過ぎぬとはいえ、わしの女になったあとでも）
永遠に　このまま　美しくあってほしいものだ

自ら神のような演奏者と名告ったり、観客に愛人を見せびらかしたり、いやみなところまで巻頭歌の後半に似ている。これも仮託の歌なのだけれど。

さて、舞台では語りを終えたワカタケが袖に退き、一転して華やかな春の菜摘みの場面となる。舞い終えた娘たちが去って、舞台には衣装で斎女とわかる娘がひとり残った。そこへ狩衣姿のワカタケが再び登場して、斎女に謡いかける——観客に動揺が走る。菜摘みは氏神への奉仕であり、注連縄《しめなわ》をめぐらせた神事の場の結界を犯すことは、けっしてあってはならないタブーである。まして斎女に謡いかけるなど！

籠《こ》もよ　み籠持ち　ふくしもよ　みぶくし持ち
此の岳《をか》に　菜採《つ》ます児《こ》　家聞かな　名告《の》らさね

娘は恐れおののき、立ちすくんでしまう。神事にたずさわる斎女に男が言葉をかけるだけでもタブーの侵犯なのに、まして色めいた誘いの言葉を囁くとは、あってはならぬ瀆神行為ではないか。しかしワカタケは、結界をも破って、つかつかと娘に歩み寄る。

そらみつ　大和の国は　おしなべて　吾《あ》こそ居《を》れ　しきなべて　吾こそ座《ま》せ
我こそば告らめ　家をも名をも

怯えて口も利けぬ娘を抱き締め、抱えるようにして、ワカタケは娘を連れ去る（むろん、答える歌などありうるはずもない）——観客は唖然として静まり返った。

氏神の神官が怒りに震えながら、後を追おうと舞台に駆け上がる。そこへコロスの長を思わせる長老が登場して、神官を押しとどめる。

長老の語りが始まった――征服者ワカタケは、オホキミながら天つ神の裔《すゑ》であって、国つ神の掟になど縛られる存在ではない、と。

同時代の観客にとって、寓意はあからさまだった。大三輪高市麻呂が言い立てた掟など国つ神の慣習法であって、伝説の時代でさえ、オオキミを縛るものではなかった。「イニシヘもしかにあれこそウッセミも」古代の正当化の論理が、ここで作動する。ましてわれらの女帝は、スメラミコトであり、天つ神そのものである現人神《あらひとがみ》なのだから……。

まさに痛烈な守旧派への反撃であり、新しい宗教の言挙げだった。だからこそこの歌は、まさしく聖史劇の発端を告げる、巻頭に置くにふさわしい歌とされたのだった。

それでは、大王が天皇になるとき、何がどう変わるのか。そもそも現人神である天皇の統治とは、どういうものなのか――観客の胸に浮かぶ当然の問いとともに、聖歌劇は第二話へと展開してゆく。

第二の語り　ウツセミの世界――新時代の幕開けを告げる吟誦

「原万葉」編者の歴史観は、のちに姿を顕わす記紀の歴史観よりはるかに明快で、企みが少ない分だけ、当時の人々の歴史感覚を窺わせる。

国土の武力統一を果たした古王朝があり、王は「治天下大王」を名乗った。その後、王国は乱れたが、やがて再び秩序は回復する。当時の人々の意識では（『古事記』が示しているとおり）、イニシへの時代は神聖女王・推古とともに終りを告げ、ウツセミの時代が舒明から始まった。

語りは、このいきさつを凝縮して伝えながら、十二代・百五十年の空白をいっきに飛翔する。暗黒時代の苦難を経て、このくには大王の治めるところから、天皇の統治なさるところに変わった。語りはつづけて、統治者が征服王から（何やら儒教的なにおいまでただよわせる）「有徳の王者」に革《あらた》まった幸せを説く……ウツセミの世界の始まりの目出度さをことほぐ語りは、しだいに昻まり、ついには歌となって溢れ出す。(注1)

大和には　群山《むらやま》あれど　とりよろふ　天の香具山
登り立ち　国見をすれば
国原は　けぶり立ち立つ　海原は　かまめ立ち立つ
うまし国ぞ　蜻蛉島《あきづしま》　大和の国は

大和には　あまたの山があるけれど
なかでもとりわけ尊いのは　天上より天降った言い伝えをもつ　天の香具山
この聖なる山の頂に登り　すっくと立って　天皇として国見をすると
見よ　平野には　豊かな稔りを証《あか》しする　炊煙があまた立ちのぼり
見よ　遙かなる海原には　豊かな魚群を証しする　鷗が群れて舞い立っている
まこと　よい国だぞ　穀霊も愛《め》でたまう　わが　大和の国は

天皇の国見とは、国土にカミの魂振り《たまふ》を行なう呪術。国讃め歌とは、豊饒な稔りを予祝する呪術行為である――香具山から海は見えないから「海原」とは広い水域を意味するのだろうとか、当時は埴安池・耳成池・磐余池があったから、この広い水域を見て謡ったのだろうとか、後世の学者はあれこれ頭を悩ます（たとえば、小学館版『万葉集』小島憲之・木下正俊・佐竹昭広。一九七一年など）。

国讃めの呪力を説きながら何としたことか、歌い手はまさにその呪力をそなえた魔術王であることを、けろりと忘れてしまうとは！　マジシャン・キングは大海原を幻視しているのである。だからこそ幻の眼はさらに高々と飛翔して、列島のおおよそまでも視界に収め、その上讃め言葉を贈るのだから。「よい国だぞ、トンボの形をした島国、わが大和の国は」と。

「あきづしま」は大和にかかる枕詞だが、あきづ＝トンボは繁殖力が旺盛なところから、五穀豊穰を予祝する穀霊と見なされたらしい。伝説の初代王・神武の国見のときの感想にも出てくる。「何とも言えん、いい気分だな、この国を自分のものにした気分は。まあ狭い国ではあるが、蜻蛉《あきづ》が臀を舐め合って番《つが》ってるみたいな形だってところも愛《う》いぞ」と。

支配し奪う大王から、豊かな実りをもたらす天皇へ――しかし立ち上る炊煙はあまりにも、仁徳を「聖王」に仕立てた、後世の作為を連想させはしないか。この儒教臭さは、舒明にはとうてい似合わない。『日本紀』に見るかぎり、舒明は蘇我蝦夷に担ぎ出され支えられた（お飾りにちかい）大王であって、治世には天変地異の記録が多く、呪術力が強かったとはとても思えない。晩年には百済大寺の建造に着手し、百済宮に遷《うつ》って仏教の呪力に縋《すが》ろうとしたくらいだから、国風を興したなどとはとても言えない。

しかも歌は流麗で、対句をそなえ、まったく古調がない。この歌もまた舒明に仮託して、のちに（原万葉編集のとき）作られたか、採集・加筆された歌であろう。したがって「舒明朝あたりが万葉の黎明であった」（伊藤博）証拠にはならない——仮託にしても、なぜ巻頭第二の歌が舒明なのか。伊藤博は「原万葉」が「舒明皇統の歌群」だからと考えるが、それは標目を重視し過ぎた結果論であって、編集の意図とは関わりはない。

わたしたちとしては、ここでも頭注の虜になることばりは避けて「新しい時代の幕開けのスメロギ」くらいに、抽象的な理念上の君主と捉えておいたほうがいい。そのほうが歌語りは、無理なくスムースに流れる——二番歌はスメラミコトの行政権の根拠となる語りを持ち、しかし国の統治はそれのみでは全うされず、三番歌のナカツスメラミコトへ、共同統治する巫女女王の語りへと導かれていくのだから。

吟誦が終わって語り手が舞台を退くと、入れ代わって武人たち数人が現われ、弓を引いて絃を鳴らし、除魔の呪法を行なう。鳴絃の音を伴奏に、姿は見えないながら、巫女女王の歌が聞こえてくる。

やすみしし　我が大君の

朝《あした》には　とり撫でたまひ　夕《ゆふべ》には　い縁《よ》せ立たしし
御執《みと》らしの　梓《あづさ》の弓の　中弭《なかはず》の　音すなり
朝猟《あさかり》に　今立たすらし　暮猟《ゆふかり》に　今立たすらし
御執らしの　梓の弓の　中弭《なかはず》の　音すなり

このくにを隅々までお治めになる　わが大君が
朝になると手に取って撫で　夕べには歩み寄って傍に立たずにはいられない
それほどまでに御愛用の　梓弓の　鳴絃の音が　破魔の呪法が　聞こえてきます
そのたびにわたくしも　狩の獲物豊かなれと　予祝の呪法をいたしますのよ
朝の狩に　いまお発ちになるのだわ　夕べの狩に　いまお発ちになるのだわ　と
ほら　また　いまも　御愛用の梓弓の　鳴絃の音が聞こえてきます

再び舞台は、ひとしきり、鳴絃の音に満たされる。やはり姿は見えないながら、巫女女王の予祝の歌が、ひときわ高く聞こえてくる。

たまきはる　宇智の大野《おほの》に　馬並《な》めて
朝踏ますらむ　その草深野

おお　霊《たま》のきわまる命《うち》よ　名も同じ宇智の広野に　雄々しくも馬を連ねて
あなたは朝霧のなかを進んでいらっしゃるんだわ
その草深い野は　わたくしもしかと見守っていますのよ　巫術の眼でもって

語りは、このくにに連綿と伝わる統治の形を説き明かす。遙かなるイニシへの祭祀女王と男弟王による共同統治体制。それは、この仮託の王たちに当てはめるなら、大王・舒明と太后・宝皇女（のちの皇極・斉明）になる——題詞に囚われてナカツスメラミコトを間人皇女（のちの孝徳皇后）と思い込むなど、学者たちは自分たちの国の古代のありようを、忘れてしまったのだろうか。これをウツセミに移すなら、故・天武天皇と持統皇后（持統の場合のみ、ナカツスメラミコトを中天皇と記す。なぜか。答えは例によって『万葉集』そのものの中に暗示してある）の共同統治になる。語りでは、ときにそのさまが、あからさまに説かれることもあったろう。

しかも、この統治体制の語りこそ、つづく謎の歌群を解く鍵になるのだが……。

とまれ長歌については、折口信夫や沢瀉久孝をはじめ「狩が催されるときの予祝《よしゆく》の謡いもの」、伝誦歌としてすでにあったものを、（原万葉編集のさい）女王に仮託したと読む人は多い。反歌についても、斎藤茂吉が「万葉集中最高峰の一つ」と保証しているくらいで、中皇命の実作ではなく、並々ならぬ力量の歌人の作品と思われる。それを、やはり原万葉編集にさいして、欠かせない「統治のあるべき姿を語るために」、女王に仮託して収めたのだった。

付　軍王の謎

五＊（伝・軍王）霞立つ　長き春日の……
六　（同）　山越しの　風を時じみ　寝る夜おちず……

この歌群のすぐあとに、きわめて違和感の強い長歌と反歌がつづく。すでに左注者が二首の由来に首をかしげているくらいだから、千二百年余の謎と言っていい。

この二首は、古来、躓《つまず》きの石となった。いや黄泉比良坂《よもつひらさか》の千人引きの巨岩さながら、言霊《ことだま》の流れも歌語りの流れもぴたりと押しとどめて、わたしたちのくににも叙事詩にたぐいうる古典が存在した誉《ほま》れまで覆い隠してしまった。

違和感は、誰の目にも著しい。その理由を、稲岡耕二は、人麻呂以降の作品を後に挿入したせいだと考える。『万葉集』を聖典視する傾きのつよい伊藤博は、長歌に枕詞が多用され、序詞や懸詞の技巧まで凝らされていることをあげて「初期万葉の歌としては狂い咲きのように早熟」な作品と解説する。

じっさいは、おそらく第二次万葉集編集のさいの、あるいはその証拠隠滅作業のさいの、知識人による机上の創作（武田祐吉）であって、狙いが当人の目的を大きく越えて果たされることになった結果であろう。題詞と左注にかかずらわっていては、誰しも、果てしない迷路につきあうしかなくなってしまうのである。

しかし、わたしたちが見てきたように、題詞を「心覚えの頭注」と考えたらどうか——原万葉から二首の歌が消えて、頭注の記憶だけが残ったと考えてみたらどうか。

歌語りは天皇の統治のありようにかかわるものであった。行政権・祭祀権と語り継がれてきた流れに沿って考えるなら、次には第三の大権・軍事権の語りがなくては叶うまい。そして「軍王」とは、まさにそのことの語りの心覚えなのであった。

……やすみしし　我が大君の……天の下　治めたまひ……
御軍士《みいくさ》を　召したまひて　ちはやぶる　人を和《やは》せと　奉《まつ》ろはぬ　国を治めと
皇子《みこ》ながら　任《よさ》したまへば……

答えはやはり『万葉集』そのものの中に秘められている——一九九番歌、いわゆる高市挽歌の中に。大君の命を受け、大君の代理として、軍事権を執行する大将軍たる王子。彼こそが「軍王《いくさのおほきみ》」の原像なのだ。

そこまで見えれば、元の歌が消えた理由も読める。六九六年七月十日、高市皇子尊の急死にあい、おそらくは埋葬を急いだ持統の命をかしこみ、人麻呂は火急に挽歌を制作する必要に迫られる。彼はすでに手許にあった原万葉の歌巻から、「軍王」の歌を切り取り、部分的に挽歌に取り込む。さらに筆を加え、練りに練って、女帝の要請に応えたのであろう。それが自分自身の転落の序曲ともなる定めなど、もちろん、知る由もなく——詳しくは巻二を読むさいに譲って、いまは先に進もう。

イニシへはウツセミの鏡とされるが、ウツセミもまたイニシへの鏡に映せば、現実の規範となりうる。革命を果たした者が歴史にこだわるのは、正当化の根拠を己に都合よく用意することが可能になるからだ――そこで語りは、大王の軍事権を代行する王子の伝統を解き明かす。伝説の大王・景行と王子ヤマトタケル。

歌物語では、舞台にフルヒト大兄が軍装で登場し、舒明と宝太后から、大将軍の印綬を受ける。(注2) 歌語りを受けて、おそらくはコロスの長にあたる長老が、戦勝の予祝の歌を奉る。歌に合わせて（いまは高市挽歌の章句から想像するしかないが）、舞台いっぱいに戦士たちの群舞が躍動する……。

（「軍王」の頭注のもとに現在見る歌が採録されたのは、軍王を普通に「イクサノオホキミ」ではなく「コニキシノオホキミ」と読み、人質の百済王族に流人のイメージを重ねて作歌したものだから、史実に合うはずもない。百済との関係を早々に語らせるつもりだったのか、「原万葉」の語りを組み直すために、伏線としてはやばやと流人のイメージを登場させたのか。詳しくはこれも、第二次編集を論じるさいに譲るしかない。）

（注1） それにしても「原万葉」は恐るべき呪力を、いまなお保ち続けているのかもしれない。たとえば伊藤博は、炯眼にも《『万葉集』形成の根源が「歌」によって『古事記』を継承しようとするところにあった》とまで見抜きながら、（しかも歌群という読み方と、歌劇という表現まで読み取りながら）、ついにあと一歩を進めて、「原万葉」を史劇として読むことができなかった。伊藤博の

足を竦ませ、呪縛してしまったのは、やはり「原万葉」にこもる魔術的な力ではなかったか。そのすぐ先に叙事詩劇は、古代の歴史イデオロギーを内蔵した聖史詩劇は、手付かずで眠っていたというのに！

（注2） イニシへとウツセミの照応は少しあざといくらいだ。行政権・祭祀権・軍事権からなる統治権力の構造は、すくなくとも奈良時代の末まで、伝統のモデルとして人々の心に生きつづける。このモデルを念頭に置いて歴史を読み返すとき、いくつかの事件の意味がかつてなく鮮明に浮かび上がってくることには、まったく眼を見張るばかりである。

〈イニシへの世界〉

法提郎媛（蘇我臣）
　＝┬古人大兄皇子（軍王）
舒明帝（大王）
　＝┬葛城皇子（中大兄、のちの大王）
　　└大海人皇子（のちの大王）
宝皇女（中皇命、のちの皇極・斉明女帝）

〈ウツセミの世界〉

尼子娘（胸形君）
　＝┬高市皇子尊（軍王）
故・天武帝（大王）
　＝┬故・草壁皇子尊─軽王（未来の大王）
持統女帝（中天皇、前・鸕野讃良皇女）

第二幕　忍び寄る動乱——天皇霊に乱れが生じるとき

いよいよ原万葉の同時代史が始まる。わたしたちが試みたおおまかなグループ分けによれば、この幕は三つの局面を持ち、ふたりの貴女とふたりの王子が登場する。三つの愛情の縺《もつ》れは、王権のすぐ傍らで起きるために天皇霊の乱れを誘い、ひいては動乱を惹き起こす動因にもなりかねない。歌語りは背景に不吉な予兆を秘めて展開する。

額田王をめぐる歌語り

七　（額田王）　秋の野の　み草刈り葺き　宿れりし……

八　（同）　熟田津に　船乗りせむと　月待てば……

九　（同）　………　わが脊子が　い立たせりけむ……

間人皇后をめぐる歌語り

一〇　（間人皇后）君が代も　わが代も知るや　盤代の……

一一（同）　わが背子は　仮廬作らす　草無くば……

一二（同）　わが欲りし　野島は見せつ　底深き……

中大兄をめぐる、いわゆる「中大兄三山歌」の歌語り（＊印＝長歌）

一三＊（中大兄）　香久山は　畝傍ををしと……

一四（同）　香久山と　耳梨山と　あひし時……

一五（同）　わたつみの　豊旗雲に　入日さし……

第三の語り　額田王と大海人皇子の恋

その一　引き裂かれた恋人たちの歌語り。付、歌に言霊《ことだま》が宿るとき。

秋の野の　み草刈り葺き　宿れりし
宇治のみやこの　仮廬《かりほ》し思ほゆ

秋の野に生い茂る　尾花《すすき》を刈って屋根を葺き　一夜を過ごしたものでした
あの宇治の行宮での　仮寝の宿が　懐かしくも　思い起こされますこと

一首だけ切り取って読むと、素直な、むしろおっとりとした、女王付の女官の姿が浮かんでくる。

斎藤茂吉は「作者は凡ならざる歌人」と言い切り「単純素朴のうちに浮んで来る写象は鮮明で、且つその声調は清潔」と聞き取る。

伊藤博は歌の聞き手に皇極上皇を推定し、この歌を「額田王の出世作」であり初期万葉を代表する歌人としての「門出の作」と推測する。時は大化四年（六四八）、額田王は推定十八ないし十九歳……であれば、すでに大海人の愛人である。

一首だけ切り取って読むなら、すべては斎藤・伊藤のコメントに尽くされている。しかし三首を歌群として読む場合はどうか——ここで最初に触れたモンタージュの不思議を思い起こしてほしい。編集はときに、情景の喚び起こす意味を変えてしまう。同じように、歌群の中に組み込まれ、聖史劇の一場面になるとき、一首の意味も一変する。

歌語りは、つねとはちがって、いきなり歌から始まる。半世紀ちかく経ったいまでも、観客である持統宮廷の女官たちなら、それが額田王の宮廷歌人としてのデビューを飾った名歌であることくらい、誰しもが聞き知っていた。引退した女官と名乗る嫗《おうな》が語り始めると、観客席に抑えたざわめきが走る。じつは、この歌には、もうひとつの意味が秘められていたというのだから。

秋の野に生い茂る　尾花を刈って屋根を葺き
（あなたと）一夜を過ごしたものでした（大海人の皇子よ）
（わたくしは）あの宇治の行宮での　仮寝の宿を

（あの草いきれの籠もる粗末な宿りで　肌と肌を重ねあったことを）
（いまもなお　忘れるどころか　昨夜のことのように　まざまざと）
（切なくも　また）懐かしくも　思い浮かべていますのよ

女官たちはたちまち語りの虜になる。女帝の宮廷の観客は、二人の優れた王子に愛された、斉明宮廷第一の才媛《さいえん》の恋の行く末に思いを馳せる――このときすでに額田王は、皇極上皇（のちの斉明女帝）に召されて傍らに侍し、大海人皇子から引き離されていたのです。もちろんそれも、中大兄・葛城皇子のたくらみから出たこと……。

語りは続き、いま一度、歌が繰り返される。同じ歌ながら、いまはまったく異なる響きで胸に迫る、あの歌が。

秋の野の　み草刈り葺き　宿れりし
宇治のみやこの　仮廬《かりほ》し思ほゆ

しばらくの沈黙を破って、嫗の語りはつづく。このとき、敷島の大和の国の言霊《ことだま》が、初めて額田王の歌に宿ったのですよ――原万葉の編者は、口承で連綿と半世紀を生きつづけてきたこの歌に、万葉の歌の、いや大和歌《やまとうた》の黎明を見ていた。言霊が宿ったからこそ、この歌は不滅となり、ひいては額田王の歌に比類ない呪力が備わることになったのだ、と。この歌が謡われたとき、人麻呂はまだ生まれていない。

そして歌語りは、「呪力を備えた歌」を鍵に、次の場面へと進む。*

* なるほど語りはなめらかでもあろうが……わたしたちとしては歌巻のヒロイン・額田王を、わずかに「鏡王の娘」とだけしか明かしてくれない通説では、何ともおちつきが悪い。そこで、あの慎重な伊藤博も引用しているくらいだから、神田秀夫の推論(『初期万葉の女王たち』)を覗いてみよう。

額田王の父は鏡王で、鏡王の父は用明大王。母は山背姫王で、姫王の父は彦人大兄(舒明大王の父でもある)、祖父は敏達大王。大きく年の離れた異母兄に高向王があり、宝皇女(のちの皇極・斉明女王)と結ばれていた。同母の姉に鏡女王がいて、中大兄の後宮から藤原鎌足に嫁し、不比等を生んだ。

大王家とのつながりで見れば、額田王は、父方をたどれば用明の孫、母方をたどれば敏達の曾孫となる。くわえて異父兄の縁をたどれば、一時にもせよ、皇極＝斉明女王の義理の妹であった――なお中大兄・大海人の兄弟は、舒明と宝皇女の息子だから、敏達の四世の孫。そして義理の姉だったひとの息子だから、義理の甥に当たる。

その二　恋人たちを引き裂く宿命の歌語り。付、言霊に嘉《よみ》された歌人の不幸。

熟田津《にぎたづ》に　船乗りせむと　月待てば
潮もかなひぬ　今は漕ぎ出でな

（伊予の）熟田津から（筑紫の娜《な》の大津へと）
いざ　船出をしようと　月の出を待っていると
望みどおり潮も満ちてきたではないか　船人たちよ　さあ　漕ぎ出そうぞ

時はいっきに十三年を飛んで、斉明七年（六六一）、まだ乙女の面影を残していた額田王もすでに三十一歳か二歳。この年正月六日、六十八歳の女王が率いる倭国の船団は難波津を出発。唐・新羅連合軍に滅亡の瀬戸際まで追い込まれた百済を救援するためである。伊予の熟田津には十四日に着いたが、留まることすでに七十日を越えた。軍団の編成も整い、三月二十五日、いまは出港の大号令を待つばかり。

そのとき、巫女女王になりかわって長征の船団の出発を宣言したのが、この歌だった。まことに堂々たる歌い振りで、圧倒的な迫力をそなえた呪歌である。何しろ古代においては危険とされる夜の船旅だというのに、きっぱりと安全を保証する説得力をそなえているのだから。声調も朗々として、斎藤茂吉も言うとおり「古今に稀なる秀歌」だろう。

けれども、一首だけ切り離して読むと、歌はあまりにも自信に充ち満ちて聞こえないか。しかしこれほどの自信も、すでに己の歌の呪力が証明されていた、その上に立ってのことだった――答えは『万葉集』そのものの中に。この歌の前に、声調も同じなら、状況もわずかに時間を遡ったときであることが明白な、一五番歌を置いてみるだけでいい。

わたつみの　豊旗雲《とよはたぐも》に　入り日さし
今夜《こよひ》の月夜《つくよ》　清明《あきら》けくこそ

見よ　海神の支配する大海原に　横ざまにたなびく豊かな旗雲を
入り日が映えて　戦旗のように赤々と燃えていようが
さればこそ　今宵の月夜は　昼をも欺く明るさであろうよ

熟田津に　船乗りせむと　月待てば
潮もかなひぬ　今は漕ぎ出でな

海神は呪歌に感応し、予言どおり月も昇って明るく海原を照らし、願いどおり潮も満ちた。夜の船路だとて怖れることはないぞ。海神もわれらの味方ではないか。さあ、船人たちよ、櫂を取って漕ぎ出そう――一五番歌について、作者を（中大兄ではなく）額田王と推定する中西進に、伊藤博も同感して言う「これだけの歌を作れる人は、額田王をおいては誰も考えにくい」と。ではなぜ、原万葉の編者は、歌の並びを現行のように組み替えたのか。中大兄三山歌の謎を解く鍵はここにある。

語りは、しかし（池田弥三郎も見たとおり）女王の祭祀行為のひとつ、神を祀る「聖水汲み」のための船乗りに置き換えられている。長征そのものが惨めな失敗だったせいか、女帝の宮廷という語りの場をおもんぱかってか、媼《おうな》が語るのは華やいだ祭りの情景である。歌語りの主題は「言霊の宿る歌の呪力」、海神をも動かす歌のめでたさだから、明るい景色でもいっこう差し支えはないけれど。

吟誦が終わり、語り手は声を落として、額田王の恋の行方を語ってゆく――言霊に嘉《よみ》された稀に見るお方だったからこそ、額田王は中大兄皇子にぜひにと望まれたのです。国家の命運までかかる求愛でした。だからこそ、愛娘の太田皇女と讃良《さらら》皇女のご姉妹と引き換えにしてでも、と。それはもう、宿命としか言いようがございますまい。

額田王は中大兄皇子の後宮に入られました。この船旅には、中大兄皇子も大海人皇子も、後宮の方々をご同行なさったのですよ。けれども額田王は、祭祀を司るお年を召した女王を支えるように、かたときもお側をお離れにならなかった。もちろん、お国のためにではありましょう。とはいえ、お心のうちは、果たしてどんなだったのか。

――いまふうに言い換えるなら、行政権を握る皇太子・中大兄としては、いまなお豪族たちを動かす力として欠かせない祭祀権を自分の手に握っておかなければ危うい。この長征を例に取っても、軍王の伝統にしたがって軍の指揮権は皇太子にあった。しかし長征の成否は、老いた女王に代わって祭祀権を代行する能力を備えている、額田王の動向にもかかわる。だからこそ、額田王の呪力は、何としてでも、自分のものにしておかなければならないものなのであった。

その三　別れてもなお胸騒ぐ思いの歌語り。付、魔術師《マジシャン》の感応力のきわみ。

莫囂円隣之　大相七兄爪謁気
わが背子が　い立たせりけむ　厳橿《いつかし》が本《もと》

一首だけ切り離して読もうとすると、この歌は意地悪なクイズになってしまって、武田祐吉が数えたところでは、三十三種類の答案が提出されているとか。しかしどの答えも、歌語りの流れに気付かないために、いまだに充分な説得力を持てないいままだ——それにしても、筆録者は何をおもんぱかって、このような謎を仕掛けたのか。

歌の響きから聞こえてくるもののヒントはある。斎藤茂吉は、前半は読み解けなくても、後半は「厳かな気持を起させる」と言い、「単に句として抽出するなら万葉集中第一流の句の一つ」として『万葉秀歌』に収めた。伊藤博も「尋常な背景を持つ歌でないことだけはたしか」だと聞き取る——どうやらクイズ遊びの気分とは関わりはないらしい。

わがいとしい背の君が　寄り添うようにお立ちになっていただろう
あの聖なる樫の　木の下蔭よ

後半の歌意を（じつは、こちらにも異訓がないわけではないが）とりあえずはこのあたりと読んでおいて、大学者たちの出した答案を、つまり「前半の訓《よ》み」のいくつかを、眺めてみよう――それぞれにしかるべき理由も挙げてあるのだが、いまは付き合っているいとまはない。興味と時間が充分にあるかたには、原典に当たっていただくとしよう。

「夕月の仰ぎて問ひし」　仙覚『仙覚抄』
「夕月し覆ひなせそ雲」　契沖『万葉代匠記』
「三諸の山見つつゆけ」　鹿持雅澄『万葉集古義』
「紀の国の山越えてゆけ」　賀茂真淵『万葉考』
「紀の国の山見つつゆけ」　橘千蔭『万葉集略解』村田春海の説
「竈山《かまやま》の霜消えてゆけ」　本居宣長『玉勝間』
「香久山の国見さやけみ」　荒木田久老『信濃漫録』
「真土山見つつ飽かにと」　橘守部『万葉集檜嬬手』
「三栖山の檀弦はけ」　折口信夫『口訳万葉集』
「まがりのたぶし見つつゆけ」　土屋文明『万葉集私注』
「坂鳥の覆ふな朝雪」　粂川定一
「静まりし雷《かみ》な鳴りそね」　土橋利彦
「夕月の影踏みて立つ」　伊丹末雄

「み吉野の山見つつゆけ」　尾山篤二郎
「静まりし浦波騒く」　沢瀉久孝『万葉集注釈』
「静まりし浦波見さけ」　伊藤博『万葉集釈注』

これでも半分にしかならないのだが、十三世紀の仙覚から二十世紀末年の伊藤博まで、まことに絢爛たる名前が並ぶ。『万葉集』とは、とんでもない「迷路だらけの迷宮」だったのかとさえ思えてくる……しかも異口同音に「言霊」のめでたさを説きながら、「王権の語り」の歌群（すなわち天皇霊の歌群）に次ぐというきわめて重要な位置にある額田王の三首を、「言霊の語り」の歌群として捉えた学者は一人もいない。これはいったい、どうしたことか。

額田三首は、表には宮廷詩劇にふさわしく額田王と大海人皇子の悲恋を語りながら、その裏では言霊の不思議を語っているというのに――「万葉きっての難訓歌として名高い」というのだが、この謎めいた訓《よ》みも、歌語りの流れの中に置いて読むなら、答えはおのずから明らかになる。前半の二句は、必ずや「額田の恋」か「言霊の展開」にかかわっているはずなのだから。

静まりし　浦波騒く
わが背子が　い立たせりけむ　厳橿《いつかし》が本《もと》

わたしは沢瀉久孝の訓《よ》みを採るが（「莫囂」はカマビスシキコト莫《な》シの意味だから、静の意味で

「シヅ」と訓む。「円隣之」は「マリシ」。「大相」は相が卜《うらない》と通じる語なので「ウラ」と訓む。兄は見の読み誤りとみて「七兄爪謁気」は「ナミサワク」、おおよそのところ、推理はこうなる)、歌の解釈はかなり違う。

静まっていた浦の浪が今騒いでいる。吾が背の君がお立ちになったであろうこの厳橿が本よ。
(沢瀉久孝「口訳」)

静まりかえっていた湾の水面《みなも》が　不意に　泡立ち波立つ
(はっとして吾にかえると　いつしかわたくしも来ていましたの)
いとしい背の君(大海人)が　寄り添うように立っていらっしゃると　ふと思った
あの聖なる樫の木の木蔭に

嫗《おうな》の語りは、別れていまは中大兄の後宮の人となった額田王が、いまなお大海人に忘れ難い思いを残していることを述べる。それ以上に力を籠めて、言霊に嘉《よ》みされた者の霊能力の不思議さを説くのだった――湾の水面が泡立ち波立ったのは、額田王の胸の騒ぎに感応したからです。霊能のきわみは自然の魂と一体になること。意識さえすることなしに、自然の魂振りを受けるところにあるのですよ、と。

歌語りは、額田王と大海人皇子の恋の次第を語りながら、しだいに強さを増す額田王の霊能力をも語っている――言霊の祝福を受けたときのことを。歌の呪力が、公の場で、海神をも船団をも動かすほどに強くなったことを。ついには、無意識に自然の魂と感応しあうまでに、霊能をきわめたことを。

第四の語り　間人大后と中大兄皇太子の宿命の愛

君が代も　わが代も知るや
岩代《いはしろ》の　岡の草根を　いざ結びてな

わが背子は　仮廬《かりほ》作らす
草無くは　小松が下の　草を刈らさね

わが欲りし　野島は見せつ
底深き　阿胡根《あごね》の浦の　珠そ拾《ひり》はぬ

ここで初めて、伊藤博は「歌群ごと」の読みを披露する（長歌と反歌をセットとして読むのは普通の手順だから）――口語訳は『万葉集釈注』より、ただし異伝部分は除く。

我が君の命も私の命も支配している、岩代の岡の草根、この草根を、さあ結びましょう。

我が君は仮廬をお作りになる。佳きかやがないのなら、小松の下のかや、あのかやをお刈りなさい。

私が見たいと待ち望んでいた野島はみせていただきました。しかし、底ふかい阿胡根の浦の、真珠はまだ拾ってはいません。

「歌群として味わうことによって、はじめて真価を表わす場合が少なくない」とは、伊藤博自身の言葉だ。ここでは、三首目に一首目と呼応する「前途への予祝」を読み、この三首を最初の「短歌だけの連作である」と強調しているのが、それに当たるのだろう――だが、なぜ「原始的な歌劇」の舞台に乗せてみようとしなかったのか。一〇番歌はこれ以上ないほどドラマティックな、それこそ歌劇向きの「歴史の悪意」を、たっぷり包み込んでいるというのに。

その一　禁断の愛のゆくへの歌語り

媼《おうな》の語りは、宮廷をあげての旅立ちのさまから始まる。時は斉明四年（六五八）十月十五日。五月に八歳の孫・建王《たけるのみこ》を失った心の痛みを癒そうと、六十五歳の女王は紀の国の白浜温泉に向かう。

だが旅立ちのそのときにさえ、嘆きは付き纏い、三首の歌となって女王の口をついた――ここでは、女王の溜息そのものの、三首目だけを見ておこう。

愛《うつく》しき　吾《あ》が若き子を　置きてか行かむ

あんなに可愛い　私の大切な幼子を　後に残して行くなんて

やがて一行は国境《くにざかい》に到着、国魂に手向けして旅路の平安を願う神事の準備にかかる。間人皇女《はしひとのひめみこ》が登場しただけで、持統宮廷の観客には、泡立つような戦慄が走った。中大兄の同母妹である皇女は、いったんは孝徳大王の大后となりながら、年齢の離れた夫を難波宮に置き去りにし、兄に従って飛鳥の河辺行宮《かわべのあんぐう》に移る――愛欲に自由な古代においても、同母兄妹の奸《たわ》けだけはタブーであった。

鉗着《かなき》け　吾が飼ふ駒は　引出せず
吾が飼ふ駒を　人見つらむか

逃げ出せぬよう首枷まで着けて　わしが飼っていた馬は
厩の外に引き出すことさえせなんだに　それほどまでに護ってきた
このわしが飼っていた馬を　いつ　どうやって　他の男が見たというのか

（あれほど大切にいつくしんできたおまえが　いったい　いつ　どうやって
他の男と通じていたのか　さようなことがあるはずはない　あってなろうか）

「見つ」とは、周知のとおり、古代においては「男女相会う」ことをも意味した。若く美しい妻に見捨てられた孝徳の哀切な怨みの歌を、観客の誰しもが、胸つかれる想いで思い浮かべる。翌年（六五四）冬十月、裏切られた孝徳は憂悶のあまり、孤独な死を迎えたのだから――後世のわたしたちは、皇極上皇・間人大后など、祭祀の力を持ち去られた難波政権が機能しえなかったことも確認しておこう。祭祀はこの時代、なおも、まさしく国政の欠かせない要件なのであった。

君が代も　わが代も知るや
岩代《いはしろ》の　岡の草根を　いざ結びてな

（わたしたちは怖ろしい禁制を犯してまで結ばれたけれど　ねえ　お兄さま）
あなたの命も　わたしの命も　すべては運命《さだめ》の支配するところ
せめてこの岩代の岡の草を結んで　さあ　とこしえにと祈りましょう

間人皇女はタブーを破った宿命の女人として登場する。祈りのはかなさ、そしてまた結びの呪のはかなさ。語りはあえて沈黙をまもるが、観客の女官たちは、ひと月とたたぬうちに、同じ岩代でおこなわれた結びの呪のむなしさを知っていた。孝徳の息子・有馬皇子が、「自ら傷《いた》みて」謡った悲しい歌を。

岩代の　浜松が枝を　引き結び
ま幸《さき》くあらば　また帰り見む

習わしにしたがって　わたしもまた　こうして
岩代の浜松の枝と枝とを引き結び　結びの呪をおこなって　旅路の無事を祈ろうよ
幸いにも願いが聞き届けられたなら　帰り道にも　かならず　また
この結びを見に参りますから（ぜひとも見に来られますように）

結びの呪がおこなわれたのは、たぶん十一月八日。願いはむなしく、三日後、有馬は縊《くび》り殺された。ときに十九歳――間人の歌は「予祝の歌」どころか、女官たちには（そしてわたしたちにも）不吉な響きをともなって聞こえる。中大兄はことの成り行きのすべてを見通しながら、そしらぬさまで、愛人の可憐な仕草を見守っていたのだろうか。

その二　恋に酔う成熟した女性の歌語り

わが背子は　仮廬《かりほ》作らす
草無くは　小松が下の　草を刈らさね

わたくしのいとしい方が　仮寝の宿を作っていらっしゃる
屋根を葺く萱《かや》が足りないのなら　わたくしの小屋の萱を持っていらっしゃい
（敷草が足りないのなら　いっそわたくしをお連れになったらいかが）

語りはその日の夜の宿りのこととして展開するが、観客が思い浮かべ、比べずにはいられないのは、すぐ前のドラマの額田王の歌の語りである——間人はいまなお禁断の恋に酔っているけれど、中大兄のほうは、すでに額田王を手に入れようと、企みをめぐらせているのに、と。

間人はこのとき三十一か二歳——それでも斎藤茂吉はこの歌に「うら若い高貴な女性の御語気」を聞き取り「単純素朴のうちにいいがたい香気」を感じ取る。たしかにこの軽やかさは若さを思わせるから、あるいは歌垣の伝誦歌を仮託したものかもしれない——中西進も、「小松が下の草」に若い女性の寓意を見る。

ともあれ歌語りは、ドラマの論理にしたがって時間を凝縮しながら、くっきりと主題を浮かび上がらせてゆく。

その三　神に呪われた恋する女の歌語り

語りは同じ旅の途上のこととして展開するが、恋の様相は（長い時間を経たように）一変している。また観客も、すぐ前の歌群の三番目の歌と同じ背景を思い浮かべていただろう――額田王と間人皇女、中大兄をはさむふたりの貴女は、同じ湾の景色を眺めながら、まったく別の深い感慨に囚われる。

わが欲りし　野島は見せつ
底深き　阿胡根《あごね》の浦の　珠そ拾《ひり》はぬ

わたくしがかねがね見たいと言っていた（現《うつつ》の世界の）野島のほうは
たしかに見せていただきました　けれど……
水底深い阿胡湾の（闇の世界の）珠《たま》は　まだ拾えません
（現世での愛の縁は　たしかに結びました　けれど……
禁制を犯して闇の世界にさまようわたくしの魂《たま》は　まだ救い出せません）

すでに恋はにがい。しかもこの絶望の響きを秘める歌が、記録に残るかぎり、間人皇女の最後の歌となった――ついでながら、暗に「アゴネ湾名産の真珠も頂きたいわ」という意を含んでいると読みながらも、若い女性の「純真澄み透るほど快いひびき」と聞こえてしまう、初老の（正確に言えば五十六歳の）歌人がいたことも書き添えておこう。

タブー侵犯の呪いは中大兄にもかかって、斉明女王の崩御ののちも即位はかなわず、孝徳大后として間人皇女が中皇命となる。七年後、間人は世を去り、殯《もがり》が明けてはじめて、中大兄は王位についた——額田王の恋も間人皇女の恋も、たんなる「相聞」では済まされない、まさしく国事にかかわる重大事であった。

第五の語り　勝者はすべてを手に

——中大兄寓意歌群による幕間狂言

香具山は　畝火雄男志《ヲヲシ》と　耳梨と　相あらそひき
神代より　かくにあるらし
古昔《いにしへ》も　然《しか》にあれこそ　うつせみも
嬬《つま》を　あらそふらしき

香具山と　耳梨山と　あひし時
立ちて見に来《こ》し　印南国原《いなみくにはら》

わたつみの　豊旗雲に　入日射し
今夜《こよい》の月夜《つくよ》　清明己曽《さやけかりこそ》

「清明己曽」は、「あきらけくこそ」とも読めるし、そのほうが歌語りにはぴったりくるのだけれど——ともあれ、つぎつぎに繰り出される歌語りの流れに乗ってきたわたしたちには、とりたてて問題があろうとも思えない。むしろ気分転換とか息抜きのファルス、能舞台の合間の狂言を思わせる運びに見えるけれども……とんでもない！

まったくもって、とんでもない話らしくて、ここでも大学者たちは喧々諤々。おのがじし素人には迷路としか見えない墜道を、けんめいに掘り進める。その華々しさたるや、まったくもって、九番の難訓歌に劣らず——いやその前に、この大論争をさらりと遣り過ごしているように見える、中西進の口訳（文庫本版『万葉集』）によって、とりあえず大意を摑んでおこう。

香具山は畝火山を男らしい者として古い恋仲の耳梨山と争った。神代から、こうであるらしい。昔もそうだからこそ、現実にも、愛する者を争うらしい。

香具山と耳梨山とが争った時に、阿菩《あぼ》の大神が立ち上がって見に来た印南の国原よ。

海上豊かになびく雲に落日が輝き、今夜の月は清らかであってほしい。

まず「雄男志」の訓《よ》みが、最初の岐《わか》れ路になる。「雄々し」か、「を愛《ヲ》し」か、はたまた「を惜《ヲ》し」か――あげくの果ては、大和三山の性別がまったく不詳になってしまうのだから、ものすさまじいと言うべきか。

1 「雄々し」と訓めば、ウネビは男山、カグは女山。しかしミミナシでまた分かれる。

1の1 ミミナシ男山説 仙覚。北村季吟。下河辺長流。契沖。賀茂真淵。橘千蔭。そして沢瀉久孝。大浜厳比古。中西進など。

1の2 ミミナシ女山説 折口信夫。久松潜一。吉永登。古典大系など。

2 「を愛し」と訓めば、ウネビは女山、カグ、ミミナシは男山になる。

橘守部。鹿持雅澄。近藤芳樹。木村正辞。井上通泰。武田祐吉。山田孝雄。鴻巣盛広。古典全集など――この説が「学会」では有力らしい。

3 「を愛し」と訓むが、三山とも男山で、別にいる一人の妻を争うと解く。

土屋文明。

4 「を惜し」と訓んでも、ウネビは女山、カグ、ミミナシは男山になる。

伊藤博など。

5 なお、謡曲「三山」ではウネビ、ミミナシが女山。カグを男山とする。

世阿弥。

歌語りの流れにしたがえば、もちろん答えは（1の1）以外ではありえない。実景に則して見ても、沢瀉・大浜の証言にもあるとおり、どう見ても（1の1）としか見えない――念のため、三山の標高を確認しておこう。畝傍山一九九メートル・天香具山一四八メートル・耳成山一三九メートル。香具山の位置から見るとき、ウネビとミミナシは山容が似ていて、まあ兄弟にたとえられなくはない。

やれやれ、目が回る……それなのに、この歌群が中大兄の作品であることに誰ひとり疑いを差し挟まなかったとは、どういうわけだろう――いっぽうでは異口同音に、題詞の異例さに首をかしげ、反歌の二首目については千二百年余り前の左注者といっしょに首をひねって見せるくせに。

大浜厳比古は長歌の初四句に「口碑の面影」まで聞き取りながら、あと一歩を踏み出して、原万葉の編者が巻頭歌と同じ手口をここでも使っていることを読もうとしない――編者は伝誦の「山争い」の民謡に、後半を加筆したのだ、と。

題詞が「中大兄三山歌」と、皇子とも付けず「御歌」とも書かないのは、この歌が「中大兄の歌ではなく、中大兄役を演じる歌い手が謡った歌だった」からこそではないか。

はじめにわたしたちが見たとおり、この題詞は例になく、三首がひとつの歌群であることを指定している。その理由は、反歌の二首目が中大兄の歌ではないことを（額田王の歌であることを）当時の観衆なら誰でも知っていたからこそではないのか。

おそらく反歌の一首目も、編者の即興の作品だろう。いたずらっぽいエスプリが、長歌の加筆部分とこの歌に、そして周知の名歌を転用した組み合わせ方に、共通して躍っている。諷喩の種を見つけた編者の心の弾みも、いい気分で面白がってるさまも、残念ながら知識の詰め込み過ぎで頭の固くなった大学者には伝わらなかったらしい。

ひとつの歌群と指定したのは、「この三首でひとつのドラマを構成する」という、編者の指示なのだ。いわば演出ノートを、後人が観客からの聞き取りで「頭注」として付ける。その結果が、そのまま残っただけのこと——だが「旧本」の筆写を重ねた人々には、ファルスに笑う心のゆとりがなかった。まあ、そういうことなんだろう。

それでは、万葉歌を歌群として読むことを主張する伊藤博はどうか。まず題詞を「不思議である」と決めつける。左注者に同調して、ついには「反歌」とあるのは一四番歌を指すだけとみなし、一五番歌を切り離してしまう。別人が「三山歌に和して応じた歌と見るべきだ」というのだが、伊藤の口語訳を三首つづけて読んでみても、とても「和した」なんて感じじゃない。ついには苛立ちのあまりだろうか、「巻一斉明朝雑歌の配列には不審な点が多い」と、八つ当たり気味に裁断する——「原万葉」が編者によって編集された一連の歌群であることに気付こうともしない後人に、あろうことか、苦心の編集にミスがあったかのように言い立てられるとは！　原万葉編者の不運は、千三百年の時を経ても、なお尾を引いていると嘆くしかないことなのか。

もっとも、ファルスをシーリアスに受け取る、変な弁護人にもことかかない。反歌一をめぐって、伴信友は言う。「御兄皇子にめされて在つつも、しかすがに互におもひはなれがたく……御兄皇子の御心やましく、かつはつつましくおもほしこめ給へるあまりに……いかでむかしの阿菩神のごとき人の出来《いで》て」仲裁をしてくれたら……そんな思いがこもっている、と。さらに川村悦麿の弁護となると、たっぷりと、感情移入の思い入れまで加わることになる。「皇子　躬《みずか》ら闘ひ給ふ恋愛の苦みを時には省みてあさましげにさへ考へられたものを……自己弁護の心持になつて詠まれたものである」と。

幕間狂言は、舞台に走り込む貴女で幕を開ける。誇張した衣装と滑稽な仕草によるパントマイムでドラマは進行し、歌は囃子方《はやしかた》をともなうコロス、一種の合唱団をしたがえて謡われる。衣装と仕草はもちろんウツセミを写したもので、名前は告げられなくとも誰を指しているのか、当時の観客にははっきり判った。笑いを誘う物真似もちりばめてある。

カグよ　おまえときたら
ウネビを雄々しいと　このわしを　男らしいと言ったがために
ミミナシと　あいつと喧嘩になったというのか
もう泣かんでいい　こういうことは　神代から　こういう具合になるものらしい
昔からそうなんだから　仕方あるまい
今もまた　妻争いをするしかないということさ

カグよ　ミミナシと　忍び逢うたりするでない
おまえも知っておろうがの　印南国原《いなみくにはら》の言い伝えを　誰にも判らぬと思うても
大神さまには　つまりわしには　すべてお見通しなんだから

いにしえと同じに　さっと立ち上がって　見に行くぞ

カグよ　おまえも謡った覚えがあろう　わたつみの　豊旗雲に　と
見よ　今も　横雲に夕日が映えて　燃えるようじゃわ
今夜の月夜は明るいぞ　ミミナシと　忍び逢いなど叶わぬぞ

ウネビはふんぞりかえる。ウッセミに移せば、頭注の指示では、懸案の間人《はしひと》問題が（同母妹の死で）やっと片づき、晴れて大王に即位する日もちかい。勝者はすべてを手に入れて、傲慢になる。女心の微妙な揺らぎも、断ち切りがたい未練も、自惚れ鏡の姿に酔う男にはまるで判らぬ——原万葉の編者の中大兄皇子を見る眼は、いかにも底意地が悪い。

もっとも史書では（したがって史劇でも）、前王朝をあげつらうのは「慣例」に違いない。まさか「雄々し」のところでカグがくすりと笑って見せ、観客に向かって傍白まではしなかったと思うけれども——二十歳の時はたしかに、鎌足にけしかけられたり脅されたりして、丸腰の相手に切り掛かりはなさったけれど、その後は戦争に負けても責任を取らず、いままた居心地が悪くなると飛鳥から逃げ出すことまで考えて。ほんとうに「雄々しい」かただわ、かよわい女性にたいしてだけは。

編者の悪意の理由は、次の幕で明らかになる。いやむしろ、この敵意こそ、第三幕の動因となると言えるのかもしれない——そこで、第二幕を例に「原万葉」編者の編集手法を見ておきたいところなのだが、あとに譲ろう。聖史劇はさらに受難の相を濃くし、スピードを早めて、ついには容赦なく破局へと突き進むのだから。

第三幕　迫り来る内戦――大和心と漢心《からごころ》の争い

わたしたちが発掘に取りかかる前に試みたグループ分けによれば、「内戦の接近」を語ってくれるであろうグループは、六首を数える（＊印＝長歌）。三つの場面・歌群から成ることもはっきりしている。だが、どことなく落ち着かない雰囲気はただようものの、もうひとつ共通の主題がくっきり見えてこない憾みがあった。

天智帝が主催し中臣鎌足がリードする宴で
一六＊（額田王）　冬ごもり　春さり来れば……
飛鳥を発って近江に向かう旅のはじめに
一七＊（額田王）　味酒　三輪の山……
一八　（同）　三輪山を　しかも隠すか　雲だにも……
一九　（唱和）　へそがたの　林のさきの　狭野榛の……

蒲生野の狩場で
二〇（額田王）　あかねさす　紫野行き　標野行き……
二一（大海人）　紫草の　にほへる妹を　憎くあらば……

しかし今、歌語りの流れに乗ってここまで来たわたしたちには、一首ないしは単独の歌群として読んでいたときの印象と、風景がずいぶん変わって見えることに気づく。それにしても、何という巧みな編集だろう——気分転換のたくらみとばかり受け取っていた、幕間《まくあい》狂言仕立ての「中大兄三山歌」が、同時に主題の屈折ないしは転調を用意するものだったとは。

第二幕で、もつれた恋の物語の裏に「言霊《ことだま》のふしぎ」の語りを忍び込ませた編者は、ここで歌語りを展開する動因を変える。第三幕では、言霊そのものを「見えない主役」とし、言霊をないがしろにする「見えない敵役《かたきやく》」との相克を軸に、歌語りの流れをつくることになる。宴や旅や狩の華やぎなどは、宮廷詩劇のための装飾音符に過ぎない。その底をとうとうと流れる真実のドラマ、「漢心《からごころ》と大和心《やまとごころ》の戦い」の、いわば目くらましでしかないのである。

第六の語り　唐風の宴

語りは「遊覧是レ好ム」（「大織冠伝」）と伝わる天智帝の、歌語りの上では皇太子時代の宴の描写から始まる。廷臣たちは、それぞれに天智時代の宮廷の表芸である漢詩で春秋の趣きを歌った。舞台では、女帝の宮廷の観客に合わせて、チンプンカンプンの漢詩の音読が思い入れたっぷりに二度三度と繰り返され、さぞかし笑いを誘ったことだろう。

ただし、当時の和製漢詩の水準は、けんめいに中国詩を学んで、ある程度の形は整ってきていたようだ。しかし詩のかもしだす情緒までは自前では無理で、ポイントは借り物になってしまう。母語でないゆえの弱点と言えばそれまでの話だが――ここでは中臣大島の「山斎」を見ておこう。ひょっとして、鎌足と共謀して、あらかじめ準備しておいた詩だったのかもしれない。参考書なしの即興では無理な詩で、実景とも違うだろうが、中四句の出来は悪くない。

宴飲遊山斎　　酒宴を開いて愉しもうと　山荘に遊びに来て
遨遊臨野池　　楽しく遊びながら　自然の趣きの池のほとりに立つ
雲岸寒猨嘯　　雲にかすむ対岸の崖では　寒げに猿が鳴き
霧浦栫聲悲　　霧ふかい入り江には　櫨《ろ》の音がもの悲しく響く
葉落山逾静　　木の葉は落ちて　山はいよいよ静けさを増し
風涼琴益微　　冷たい風に　琴の音もますます微妙さをまして聞こえる
各得朝野趣　　われら宮仕えの者も　おかげをもって野遊びの愉しみを味わった
莫論攀桂期　　もはや隠遁生活に憧れるような話は　二度と致しますまい

そこで、だしぬけに、額田王に矛先《ほこさき》が向かう――大和歌でも、漢詩のように、春秋の趣きの判定ができますかな？

冬こもり　春さり来れば
鳴かずありし　鳥も来鳴きぬ　咲かずありし　花も咲けれど
山を茂み　入りても取らず　草深み　取りても見ず
秋山の　木の葉を見ては　黄葉《もみぢ》をば　取りてぞ偲ぶ
青きをば　置きてぞ嘆く　そこし恨めし
秋山我れは

冬枯れの木までが繁る　春ともなると
鳴き声を聞くこともなかった鳥たちも　訪ねて来て鳴いてくれます
咲かないでいた花々も　きそって咲いてはくれるけれど
山はさかんに繁っているから　分け入って取ることはしないわ
草もさかんに茂みは深く　かき分けて摘むこともしないわね
いっぽう秋の山は　木の葉の彩りがすてき
色づいた葉は　手折って手に取って賞で
青い葉は……そのままにして　嘆くしかないわね　そこがたしかに残念だけれど
秋山よ　わたくしの判定は

春を讃《ほ》め、気を持たせておいて、マイナスを数える。秋は手に触れることができるからと讃《ほ》め、やはりマイナスを指摘し、聞き手がとまどったところで、ふいに判定を下す。額田王は、みごとな機知のひらめきでその場を切り抜け、喝采を博したのだが……語りは、言霊《ことだま》の籠もる歌を遊芸の具にしては、カミの怒りを買うことになると教えさとす。

額田王は「聖なる言霊を俗間に引き下ろそうとする企み」を撥ね除けるために、あえて身をかがめたのです。本来の歌のあるべき姿とは、たとえば同じ額田王の次の歌のように……と歌語りは流れていくのだが、わたしたちはここで、原万葉の編者が中大兄にたいして抱いていた悪意の理由に気づかされる。そしてまた、この幕の本当の主題は「伝統の魂の受難」にあるのだ、と。

第七の語り　三輪山鎮魂

語りは、「いかさまに思ほしめせか」（いったい何をお考えになったのか。二九番歌）大和から近江へ都を移す次第を手短かに語る。そのためには、まず、大和の国魂にねんごろに挨拶を贈らなければならない――飛鳥の「国魂まで見捨てる漢心《からごころ》への怒り」は、言外に仄《ほの》めかされたのか、それとも前王朝の失政として露骨に語られたのか。

味酒《うまざけ》　三輪の山
あをによし　奈良の山の　山の際《ま》に　い隠るまで

道の隈《くま》　い積るまでに
つばらにも　見つつ行かむを
しばしばも　見放《さ》けむ山を
情《こころ》なく　雲の　隠さふべしや

三輪山を　しかも隠すか
雲だにも　情あらなむ　隠さふべしや

飛鳥《あすか》の神奈備《かんなび》　うま酒と讃えられる　三輪の山よ
青丹よし奈良の山々　その山々の間に隠れてしまうまでは
道の曲がりが幾度も幾度も　重なり重なるまでは
しみじみと　見つめながら行こうと願っているのに
何度も何度も　望み見たいと願っているのに
心なくも　雲が　隠してよいものか

三輪山を　なぜこれほどにも　隠すのか
せめて雲だけでも　心あるものであってほしい　三輪山をどうして隠してよいものか

ここでまた、千二百余年持ち越しの謎が顔を出す。「どうも、和した歌とも思えないが、旧本には次に載せているので」というわけだ。左注者の真面目さはまったく疑いを容れないが、困ったものでもある。この歌が吟誦された場を想像すれば、後宮の女官たちの行楽に似た心のはずみも伝わっていいはずなのに。

へそがたの　林のさきの　狭野榛《さのはり》の
衣《きぬ》に着くなす　目につく我が背

（三輪山　三輪山って　さっきから　あなたはおっしゃるけれど）
綜麻《へそ》の形にひろがる　三輪山の麓の林の　いちばん先まで出てらして
榛《はん》の木の色が衣に染み着くんじゃないかと気になるくらい
立ち尽くして見送っていらっしゃる　目について　しかたがない　いとしい背の君よ
本当は　そうおっしゃりたいんじゃなくて？

荘重な魂鎮《たましず》めの歌が、同じ王族出身の女性のまぜっかえしの歌によって、たちまち女帝の宮廷にふさわしい人間《じんかん》に還る。同時にまた、つぎの相聞を用意する巧みな繋ぎの役をも果たす——ついでに言えば、額田王の長短歌は、すぐ前の宴の歌との鮮明な質の対比を示しながら、同時にのちの近江挽歌（二九番歌）と言霊のこだまを交わしている。

第八の語り　御狩野の相聞
——大海人に憑依したカミの怒り

あかねさす　紫野行き　標野《しめの》行き
野守は見ずや　君が袖振る

紫草《むらさき》の　にほへる妹を　憎くあらば
人妻ゆゑに　われ恋ひめやも

茜色を帯びる紫　その紫草の野を　行ったり来たり
立ち入り禁止の標《しめ》をめぐらす御料地だというのに　行ったり来たり
標野《しめの》の番人は見ていないとでも思ってるの
あなたったら　そんなに袖を振ったりして

紫草さながらに　匂い立つように　美しいきみを
裏切られたと憎み恨んでいるとしたら
人妻と承知の上で　どうしてわたしが　こんなにも

題詞を信じるなら、蒲生野《がもうの》の遊猟のときの相聞ぶりの歌。左注に従うなら、時は六六八年五月五日のこと。遊猟とは「薬猟《くすりがり》」で、男は鹿茸《ろくじょう》（生え変わったばかりの鹿の角）を、女は薬草を採る、華やかな年中行事だった——袖を振るのは、魂振りの仕草であり、愛情の表現でもある。

この二首ほど、歌の意味は誰しも同じに取りながら、歌の持つ意味については解釈の異なる歌もめずらしい。池田弥三郎のみごとな解説を聞こう——壬申の乱の原因のひとつとして「世間では、額田王を中にした天智・天武御兄弟の〈妻争い〉を数えてきた」が、それは「歴史的知識を古代の詩歌の解釈に持ち込む」誤りを犯している。

「おそらく宴会の乱酔に、天武が武骨な舞を舞った、その袖のふりかたを恋愛の意思表示とみたてて、才女の額田王がからかいかけた。どう少なく見積もっても、この時すでに四十歳になろうとしている額田王に対して、天武もさるもの、〈にほへる妹〉などと、しっぺい返しをしたのである。」

山本健吉もことばを添える。大海人の歌にしても、当意即妙に「四十女の残りの色香を讃めるポーズをして見せた。真情を吐露しているように見えて、座興であり、仮構なのである……宴席の自由な雰囲気にふさわしく、おおっぴらな愛情の言葉を投げつけ合いながら、戯れ、演技している。それがこの座の喝采を博したのだ」と。

四十女云々にはけっして賛成できないが、きわめてリアリティーのある、場の再現には違いない。

しかし、それだけだろうか。この年、天智四十三歳・天武三十八歳（推定）・額田三十八歳（推定）。天智としては大笑いして見せるほかなかったろうが、いやしい森番風情にたとえられては、やはり、いい気分はしなかったろう。

世間はそんなに愚かではなく、それだけでは済まない何かを感じ取っていたのではないか――斎藤茂吉は額田の歌に「濃やかな情緒に伴う、甘美な媚態」を感じ、大海人の歌を「これだけの複雑な御心持を、直接に力強く表わし得たのは驚くべきで……万葉集中の傑作の一つ」とまで評価している。

だがそれも、この二首を歌語りの流れから切り離して読んだときの話。「古代の詩歌の世界に言霊のふしぎを聞き取る耳を持たない」現代人のさかしらな解釈に過ぎない――歌語りでは、このあまりにも有名な相聞歌は、薬狩の宴の短い状況説明だけで、すぐにも吟誦された。ゆっくりと、くりかえし吟誦されるだけで、観衆の女官たちは、さまざまな思いを誘われたことだろう。しばらくの間を置いて、語りは周知の事件に触れる。

藤原鎌足の伝記「大織冠伝」も伝えるところだが、同じ年、大津の浜の高殿の酒宴でのこと。大海人は不意に激情を発し、天智の前の床に長槍を突き立てる。怒った天智を鎌足が取りなして、かろうじて事無きを得たという手柄話に終わるのだが――歌語りの中では大海人の暴発の理由が明らかにされる。唐《から》かぶれの者らに貶《おと》しめられ続けてきた伝統のカミが、ついに大海人に憑依して、怒りを発したからだ、と。

語りはあえて触れないが、観客は承知していた――大海人が立太子して正式に王位継承者に定まったのも、この年のことだと。翌年十月、死を三日後に控えた鎌足は、天智からようやく大織冠・内大臣の位と藤原の姓を賜わる。その二年後、六七一年の一月には大友皇子が太政大臣となる。九月には天智が病床につき、十月には大海人が皇太子を辞退し、出家して吉野に隠栖。そして十二月には、天智がついに世を去った、と。

第三幕の歌語りは、すべては怒れるカミの業《わざ》であり、カミの怒りはなおも続くという暗示とともに、すばやく幕を降ろす。

付　壬申の乱そのものの歌語りがないのはなぜか

わたしたちが「原万葉」の歌のグループ分けをしたとき、何かが意識に影を落としていることにはうすうす気づきながら、聖史詩劇が見えてくる興奮に圧されて、いつのまにか意識の片隅に押しやっていた問題がある。

理念的な問題提起の趣きのある第一幕「大王から天皇へ」は別として、第二幕・第三幕とたどってきたのは、皇極女帝の時代から天智帝の死にいたる、歴史にまつわる言霊《ことだま》のありようであった。それなのに聖史劇はなぜ、古代史最大の内戦である「壬申の乱」について、直接の歌語りを持たないのか？

あのときは、うすうすながら、答えのヒントくらいは見えるような気がしていたと思う。

仮説1　複雑な内戦の経過は、さまざまな報告者（たとえば大海人の許につぎつぎに駆け込む伝令たち）によって、台詞のみで語られたのではないか——あるいは、その予定であったが、その幕はけっきょく上演されなかったのではないか。どちらにしろ、歌がなければ歌語りには残りようがない……。

仮説2　もともとは存在していた歌語りを、「軍王」の歌群と同じに、一時的に歌巻から切り取って部分的に高市挽歌に転用した。その後、上演の必要も、したがって機会もなくなり（あるいは編者の身の上に変化が起きて編集が続けられず）結果として空白だけが残ったのではないか……。

しかし、いま、こうして歌語りの論理をたどってくると、編者の中では内戦はすでに決着がついていたのではないかと思えてくる。大海人にカミが憑いたとき、神々の世界では戦いは終わった。そのあとは、いわば「死すべき者たち」が神々の駒として動いただけのこと……そんな思いがしだいに強くなってくる。

たとえば紀元前一四〇〇年ごろに全盛期を迎えた呪術性の強い国家、中国の殷（商）の戦いぶりを思い浮かべてみたらどうだろう。軍の最前列には異装の巫女がずらりと並んで（ときに三千人を数えたとか）、いっせいに敵兵を呪殺する。その後ろから跳び出してくる兵士たちは、すでに魂を殺された肉体を倒すだけなのだ。

古代人の呪術＝魔術にたいする信仰は、わたしたちの想像を超える強さ、激しさをそなえている。

げんに高市挽歌は、大海人軍の勝因をこう謡っている。

……渡会《わたらひ》の　斎《いつき》の宮ゆ　神風に　い吹き惑はし
天雲を　日の目も見せず　常闇《とこやみ》に　覆ひ給ひて……

……渡会に　斎き奉る伊勢の神宮から　神風が吹き起こり　敵を惑わせ迷わせ
天雲を呼び　日の目も見えぬ　果てもない闇で　敵を覆い尽くされたゆえ……

「定めてし　瑞穂の国を」、この国を平定されたと言うのである。非論理的だが、たしかに情緒に訴える説得力がないとは言えない――それどころか、わたしたちの祖先は、十三世紀末葉の二度にわたる蒙古襲来のときにも、二十世紀中葉の四年ちかい太平洋戦争の際にも、「渡会の　斎の宮」の神風を、半ば信じていたのではなかったか。

第四幕　壬申の乱の収束——魂鎮めと魂振りと

わたしたちが次に出会う歌のグループは、これまでの前へ前へと衝き動かすダイナミズムを秘めた言霊の歌群とは、ずいぶん趣きがちがう。このグループがここに並べられている理由を、いままではただ時代順だからと片づけて、それ以上は問おうとしなかった。いやむしろ、疑問さえ持とうとしなかったと言うべきか。

なぜ乱そのものの歌が収録されなかったのか。なぜ乱後の時代に勝利の歌ひとつなく、代わりにこれらの歌が選ばれたのか。当然浮かんでくるはずの疑問に答えを探そうとしないまま、いや疑問に気づかないふりをしたまま、原万葉は読み進められてきた。しかしそのような姿勢で、この特異なグループの歌（＊印＝長歌）にこもる響きが、果たして編者の願いのままに聞き取れるだろうか。

二二　（十市送別）河の上の　ゆつ岩群に　草生さず……

二三　（流人王に）打つ麻を　麻績王　海女なれや……

二四　（流人王）　うつせみの　命を惜しみ　浪にぬれ……
二五＊（天武）　み吉野の　耳我の嶺に……
二七　（同）　　よき人の　よしとよく見て　よしと言ひし……

原万葉の編者は、古代最大の内戦を魔術戦争と見定めていた。勝敗はカミがどちらに憑くかによって、戦闘が始まる前に決していた。そうなると壬申の乱の収拾も、魔術によって、言霊の力によって計られねばならぬ。聖史詩劇の流れに沿って読むとき、このグループの特性はきわだつ――わたしたちが出会うのは「癒しの歌群」なのだ。

第九の語り　伊勢に旅立つ十市皇女《とをちのひめみこ》

河の上《へ》の　ゆつ岩群《いわむら》に　草生《む》さず
常にもがもな　常処女《とこをとめ》にて

河の流れの中の　聖なる岩群は　苔も草も生えず　永遠《とわ》に変わらない
あの岩群のように　永遠に変わらないでいたいもの　このわたくしも
いつまでも　若々しい乙女のままでいられますように

一首だけ切り取ると、沢瀉久孝も言うとおり、吹黄刀自《ふきとじ》が自らの願いを歌ったものと読むのが自然だろう――みずみずしい聖なる岩に、いつまでも変わらぬ若さを願う、いかにも乙女らしい、清らかな張りのある歌だ、と。

ところが通説では、これが十市皇女の寿を祈った歌と説かれる。もちろん、ひとつ前の歌語りから俄かに多弁になった題詞の影響で、頭注に過ぎないものを左注者が『日本紀』まで持ち出して保証した結果でもある。そうなると十市皇女になりかわって謡った歌ということになり、二十八歳くらいで六歳の子供がいる未亡人の歌になるから、「処女」の解釈をめぐって学者たちが苦しい釈明を試みる羽目にもなってしまう。

これは、例によって原万葉の編者が、女官たちに親しい歌を史劇に取り込んだ、仮託の歌である――筆録者は「壬申の乱」前後から事態の推移に詳しいらしく、当時の観衆から聞き知った舞台のさまに自分の知識を重ねて、多弁な頭注を付けたものだろう。また左注者は『日本紀』を参照しているのだから、三十年以上のち「元正女帝の治世以降」の記入ということになる。

歌劇の舞台は二人の王女の旅立ちから始まる。六七五年二月のこと。コロスの長に比すべき嫗《おうな》の語りは、周知の悲劇に触れることはなかったろう。だが十市皇女は、登場したとたんに、そのことだけで、壬申の乱の不幸を一身に体現した貴種の役割を担う――天武を父に、額田王を母に生まれた十市は、天智の子・大友の妃となり、葛野王《かどのおう》を生んだ。内戦さえ起きなければ、近江王朝の正統の後継者の妻で王族の出身だから中皇命の資格があり、額田王の血筋から巫女女王の役割をも期待されていた。比べようのない幸運の絶頂から、父に夫を殺される骨肉の争いの悲運のどん底へ。語りは新しい宗教の聖地となった伊勢を讃え、その伊勢への旅が皇女の再生を願う父の思いから出ていることを伝える。祝福の歌には、コロスの合唱の趣きがある。

（運命の荒波に弄ばれる身と　そんなにお嘆きなさいますな）
河波に絶え間なく洗われる　聖なる岩群こそ
苔も生えず　草も生えず　いつまでも浄らかなのですから
同じように皇女《ひめみこ》も　いつまでも変わらず　浄らかな乙女のままでいらっしゃるように

不幸を一身に体現した王女への魂鎮めは、壬申の乱の犠牲者すべてへの鎮魂ともなる。歌語りは伊勢への讃め言葉とともに、めでたく幕を下ろすのだが……。

現実は皇女に、さらに追い討ちをかける。この旅のあと、死者の穢《けが》れを払って再生した十市には、再婚が待ち受けていた。そのすぐれた血筋と巫女女王の潜在能力ゆえに、「常処女《とこをとめ》」の願いなど、叶えられるはずもない。持統王朝の男弟王の役割を果たしている高市皇子尊との結婚――その地位は、持統に万一の事態が生じた場合、天武朝の後継者に最も近い。言い換えれば、最も危険の多い立場でもあった。

三年後（六七八）の四月七日、十市は宮中で急死する。五歳年下で異母弟の夫は優しい挽歌を残しているが（一五六～一五八番歌）、心情より修辞がまさっていて、代作かもしれない。十市のほうにしても、父帝の用意した「償いの政略結婚」を喜んでいたかどうか——皇女《ひめみこ》の急死は、天武が壬申の乱の勝利を感謝するための神祀りに出かけようとした矢先のことで、抗議の自害という見方もあるくらいだから。とまれ皇女の三十年あまりの生涯は、一身に背負うには、あまりにも劇的だった。

第十の語り　敗者はただ命を惜しみ

——伝誦歌群による小狂言

歌語りは、ともすれば重苦しい余韻を引きずりそうな皇女のイメージを吹っ切るように、滑稽な仕草で笑いを誘う小狂言に移る——巧みな編集の腕は、中大兄三山歌の幕間狂言との見事な対照を示しながら、同時に、次の語りから上昇に転じる言霊の軌跡の転回点をも準備する。

打つ麻《そ》を　麻続王《をみのおほきみ》　海人《あま》なれや
伊良虞《いらご》の島の　玉藻刈ります

うつせみの　命を惜しみ　浪にぬれ
伊良虞の島の　玉藻刈りをす

打った麻を績《う》むにちなんだ　麻続王なんて　すごい名前をお持ちのくせに
正体は海人なのかしら
伊良虞の島で　藻を刈ってらっしゃるなんて

（情けない話だが　名を惜しむより）
現世《うつせみ》の　この命こそ　いとおしい
さればこそ　こうして浪に濡れながら
伊良虞の島の　藻を刈って食してをるのよ

頭注、すなわち演出ノートは、珍しく俳優の演技まで指定している。事件は六七五年四月に起きた。ヲミ王は三位だから、大臣クラスの高官。息子二人は遠流なのに王は近流だから、息子たちの起こした政治的犯罪のせいで、連座したのだろう。でっぷりと太ってりっぱな髭をはやした、たぶん生まれが良くて人の好い元高官が、浪に打たれてよろよろよた藻を刈る仕草。

地元の漁民は王をからかい、笑い転げもするけれど、王を見る目は冷たくない――「哀傷」とは、笑いながらも同情し、親しみをこめて助けの手をも差し伸べるさままで指示するかのようだ。歌語りの中では、ヲミ王に壬申の乱の敗者たちの姿が重なり、時の人たちの哀傷も重なる。

「敗者・ヲミ王のしおたれたさま」は、もうひとつの幕間狂言の「勝者・中大兄の傲慢さ」の裏返しのようにも見えるだろう――中西進によれば、前の歌は「いわゆる〈時の人〉物語を創作・伝承した詞人」の作品であり、後の歌は「麻続王を主人公とする流離譚が各地に存在した」もののひとつから採ったもの。

いずれにしても仮託の二首ではあるのだが、あるいは、まさに「原万葉」編集と同時に行われた、持統女帝の伊勢行幸のとき話題になった伝承を、編者が機転をきかせて歌語りの中に取り込んだものかもしれない。この歌群の鄙《ひな》びたのどかさには、そのような想像を誘うところがある。

それはともあれ、歌語りの流れに気づかないふりを続けていては、どのように説明出来るというのだろう——この小さな歌群がなぜ採録され、なぜこの場に配列されているのか。天武の吉野寿歌が始まる直前の場の持つ意味は、たまたまの時代順で説明し尽くせるものだとは、とうてい考えられないのだが。

（ついでに言えば、斎藤茂吉はこの歌に「あはれ深いひびき」を聞き「切実な感傷の歌」と見る。伊藤博も同感して「哀切なひびき」がある秀歌だからと、固有の作者を想定する——だが、二人の感想は、第二次万葉の主調低音に引き摺られた結果だろう。第二次万葉の場合、流人《るにん》は主要なテーマのひとつであり、その最初の例がまさにこの歌だから、「流人テーマ」のエコーをともなって「哀切なひびき」が聞こえてくる。だが混同してはいけない。「原万葉」には、まだ「流人のテーマ」は生まれてはいないのだから。）

第十一の語り　吉野の天武帝

み吉野の　耳我《みみが》の嶺《みね》に
時なくそ　雪は降りける　間《ま》なくそ　雨は零《ふ》りける
その雪の　時なきが如《ごと》　その雨の　間なきが如
隈《くま》もおちず　思ひつつぞ来《こ》し
その山道を

よき人の　よしとよく見て　よしと言ひし
吉野よく見よ　よき人よく見つ

歌語りの舞台は六七九年五月。天武の吉野行幸は五日から七日にかけてだが、歌劇はもちろん時間を凝縮して演じられる。長歌は皇位継承権を放棄して近江京を脱出、強行軍で吉野に入った八年前の不安な旅を謡う。語りはしかし、当時の観客にはあまりにも周知の出来事なので、壬申の乱の発端について詳しく触れることはなかったろう。空白の舞台にコロスの合唱が思いをこめて、初めは低く、次には高く、繰り返される。

吉野連山に分け入ったとき　ここ　耳我の嶺には
時を問わず雪が降っていたものよ　絶え間もなく雨が降っていたものよ
時を問わぬその雪さながらに　絶え間もないその雨さながらに

山道を曲がる　その度ごとに　思いを重ね　また重ねながら　来たものであったよ
ああ　その同じ　あの日の山道を　いま　われら……

六日には天皇・皇后と六皇子による「吉野の盟約」が行われたのだが、これも舞台に再現されたのか、語りだけで済まされたのか。何しろ、六皇子のうち三人（大津・草壁・川嶋）は、初演のときすでにこの世に亡いのだから——しかし、持統の稀にみる強靭な神経を考えると、やはり聖なる儀式として上演されたのかもしれない。

音曲は一転して華やぎ、コロスの長《おさ》が張りのある声で、天武の魂振り歌を朗唱する。語りは吉野宮滝が新しい「魂振りの聖地」となった次第を説き、ふたたび天武の寿歌がコロスの合唱を従えて、力強く朗唱される——歌語りの流れの中では、はるかに二番の「国讃め歌」とこだましあいながら。

かつて　よき人がよしと
よく見てよしと言った　その吉野だぞ
この吉野を　いまの人よ　よく見よ
よき人はよく見て　力づよい魂振りを受けたのだから

歌語りは昂揚した気分のうちに、次の幕へと向かう——だがこの二首も、この幕のこれまでの三首と同様に、仮託された歌であることに留意しておこう。中西進によれば、長歌は「道行き歌の形をとる物語歌」で「伝承詞人の作」と推定できる。また短歌も「諸謔の歌」で「これも伝承詞人の作」であろう、と。

付「原万葉」編者の編集手法について

歌語りがいよいよクライマックスを迎えるこのあたりで、わたしたちもそろそろ、持ち越してきた課題に答えなければならない——「原万葉」の編者は、いったいどのような編集手法を駆使して、このように見事な聖史詩劇を組み上げたのか。

まず「はじめに」で、編集について確認したことの復習から始めよう。

1　原万葉は紙の巻物に書かれたもので、編集は自在にできた。歌の挿入も削除も、きわめて簡単な作業だった。

2　標目と題詞は聖史劇の演出ノートであって、本文ではない。

3　語りは上演の度に変化したために、記録には残らなかった。

4　舞台の時と場の設定も、かならずしも固定したものではない。したがって変わらないのは状況設定だけであって、これだけが筆録者の頭注の形で、かろうじて残った。

つぎに、冒頭の歌で、また一三番の歌その他で見たことを確認しておこう。

5　編者は伝来の吟誦歌に手を加えて、語りにふさわしい歌に変えてしまうことを、けっして躊躇《ためら》わなかった。

編者は自作のみならず、心に残る歌を書き留めたコレクションを持っていた。書き留めるという作業そのものが、倭の言葉を中国の文字で記録するという、ほとんど創作に準じる作業だった。したがって、書き留める段階で、すでに加筆訂正することもあったろう。

また、七～一二番歌で見たことにも留意しよう。

6　編者は歌を、必ずしも歌われた順に並べてはいない。歌の配列を支配するのは歌語りの論理であって、ドラマを最も効果的に語る工夫でもあったのだから。

さらに言えば、伝誦の歌も含めて、個人の意識が形作られる途上の時代のことだから、歌にはほとんど共有財産にちかい感じがあったのではないか。だからこそ一五番歌のように、歌語りの中に組み込まれることで、歌意さえがらりと変わる場合も出てくる。また二〇・二一番歌のように、歌語りの中で別の次元の意味を担わされる場合も生じる。

7　編者は歌を、歌語りに合わせて、本来歌われた場にかかわりなく編集する。歌語りの論理に合わせて、ときには歌い手を作者とは別人に設定することも、やはり躊躇《ためら》いはしなかった。

第四幕の五首はすべて仮託の歌で、聖史劇の中に編入されることによって、言い換えれば編集によって、新しい生命を獲得している――

二二番歌は、有名な愛唱歌の転用。

二三番歌は、「時の人」物語からの転用。
二四番歌は、ヲミ王流離譚からの転用。
二五番歌は、道行き歌の型を踏んだ物語歌の転用（二六番歌は或る本の歌ゆえ省略）。
二七番歌は、伝承詞人の諧謔歌の転用。

ほとんど神にも似た編者の自在さは、いったいどこから来ているのか。持統女帝の支持だけでは、とてもこうはいくまい。そうなると、答えはひとつしかない――編者は額田王のように、自分もまた「言霊に嘉《よみ》された者」であることを確信していた。詩神の恩寵を受けた者の不幸を語りながら、自らも不運を避け得なかったほどにも。そう言っていい。

8　編者のこの自在さは、「言霊」への条理を超えた強烈な信仰に支えられている。

第五幕　ユートピアの幻想——天皇教《スメロギズム》の誕生

わたしたちが最初に想定した叙事詩劇の最後を飾る歌のグループ、おそらくはクライマクスを形成するであろう一連の歌群は、八首（＊印＝長歌）から成る。

二八　（持統）　春過ぎて　夏来るらし　白栲の……
二九＊（人麻呂）　玉たすき　畝傍の山の……
三〇　（同）　ささなみの　志賀の辛崎　幸くあれど……
三一　（同）　ささなみの　志賀の大わだ　淀むとも……
三六＊（人麻呂）　やすみしし　わご大君の　聞し食す　天の下に……
三七　（同）　見れど飽かぬ　吉野の河の　常滑の……
三八＊（人麻呂）　やすみしし　わご大君　神ながら　神さびせすと……
三九　（同）　山川も　依りて仕ふる　神ながら……

第十二の語り　秩序回復の歌語り
――時のめぐりを支える女神

天皇霊の乱れに発した古代最大の内戦も、伝統の神々の決定的な勝利によって終結し、神威は回復された。人間《じんかん》に残る内戦の傷跡も、一連の鎮魂の歌劇によって、とりわけ天武の吉野における「新しい国と国民《くにたみ》への魂振り」によって癒された。

ついに秩序の回復は成った。秩序の回復は何によって証《あか》しされるのか。聖歌劇の編者は、ここで「第二の語り」を喚び戻す。

歌語りは、まさにそのようにして始まる――王は国讃めの呪歌によって豊かな実りをもたらし、巫女王は予祝の呪歌によって王を助け、豊かな収穫を約束する。あの黄金の世界が再び戻った。その証拠にと、時のめぐりを保証する巫女女王の寿歌がコロス、合唱団によって朗唱される。

春過ぎて　夏来《きた》るらし
白栲《しろたへ》の　衣乾したり　天の香具山

春は過ぎ　日もさかんな夏が　いよいよ　めぐって来たようす
ほら　あのように　神祀《まつ》りのための純白の衣が　競って干してあるのだもの
聖なる　天の香具山に

表には「夏の到来を明るくさわやかにうたった」（伊藤博）もの。伊藤によれば「季節の推移に目をつけた歌は非常に少な」くて、その意味では「女帝の歌は、早咲きの狂い咲きの感がある」。そもそも万葉には「夏歌自体が極端に少ない」のに、と。しかしそれだけのことでは、伊藤自身も感じ取っているはずの、歌語りの流れの中に占めるこの歌の重要な位置は、けっして解き明かせないのではあるまいか。

この場には、あるべき正しい秩序の回復された、聖なる御代の始まりを告げる歌が置かれねばならぬ。わたしたちは、かすかに呪言のひびきを聞き取る。そのとき、発表時にさえ、かえり見られること少なかった歌人・万葉学者の言葉がよみがえる――「この歌は、四時・天地を歌いこんだ……持統自身の帝位確認の宣言歌であるといわなければならないほどのものであった」（大浜巌比古『万葉幻視考』一九七八）と。

春と夏は明示してある。「五色」の思想では、白は「四時」の思想の秋を指す。香具山は飛鳥浄御原宮の真北にあたり、「四方」の思想では、北は「四時」の思想の冬を指す。天は明示してあり、香具山が地を表わす――この一見、奇矯・強引に映る説も、まさに持統即位の年（六九〇）十一月十一日の『日本紀』の記事に「始めて元嘉暦と儀鳳暦とを行ふ」とあるのを見ると、一転して国文学者の想像力の欠如ないしは視野の狭窄に思いいたることになる。

古代世界においては、時のめぐりを維持することは帝王の重大な責務のひとつであった。時に憑かれていたマヤ族の「時を運ぶ神々」の苦行にも似たイメージを思い浮かべるまでもあるまい――語りは「帝位確認の宣言」というより、秩序の回復と、時の巡行を保証する女王の登極を伝える。

王が時を支配する意志は、持統の父・天智に始まったことまで、語り手は伝えたのかどうか。

「時の支配者」としての持統をくっきりと浮かび上がらせるこの歌は、手の込み方が尋常でないから、原万葉編者の代作歌だろう。そして発表も、歌語りの席でであったと思われる。聖歌劇の中では即位の年六九〇年の歌だが、じっさいは六九二年春の新作であろう――この幕の歌も、第二幕と同じく、作歌の時代順ではなく、聖史劇の論理にしたがって並んでいる。

第十三の語り　旧都鎮魂の歌語り

語りは、女帝の即位が、神々の祝福のもとに為されたことを伝える。元旦の即位に、二月の吉野行幸が続き、ついで春の終りに（六九〇年三月から四月にかけて）前王朝の鎮魂がねんごろに行われた、と。このとき女帝になりかわって祀りを執り行ったのは、内廷の神祇伯とも言うべき「女王付き魔術師《マジシャン》」柿本人麻呂だった、と。

ここで初めて、原万葉の編者が登場し、荒れた近江大津宮のさまを物語る。旧都を歌うことは、そこに住んだ人々への、したがって前代への鎮魂の祀《まつ》りとなる。古代信仰では、祀られることによって、復讐する神が守護する神へと変貌する。それはまた、近江の国魂への鎮めともなる儀式であった。

語りが終わり、沈潜した雰囲気の中で、魂鎮めの呪歌が始まる――この歌群は、歌物語の中でも現実と同じ役割を担っているから、歌意が変わることはない。それゆえ、ここでは節を切って、人麻呂の詩想の動きを追ってみよう。

玉襷《たまだすき》　畝火《うねび》の山の　橿原《かしはら》の　日知《ひじ》りの御代ゆ
生《あ》れましし　神のことごと
栂《つが》の木の　いやつぎつぎに　天の下　知らしめししを

美しい襷をかけた畝傍の山の麓なる　橿原に都を定めた聖なる帝《みかど》の御代に始まり
この世に現われ給うた神なる帝のことごとくが
栂の木の如くつぎつぎに　（ここ大和の地で）天下を治めてこられたものを
（いったい何をお考えになったのか）

人麻呂は確信的な伝統主義者として、言挙《ことあ》げする。じっさいは儒教のモラルと同じ構造を持っているのだが、人麻呂はイニシヘに学ぶことを、この八百万《やおよろず》の神々の国に伝来のモラルと信じきっているかのようだ。言葉にはなっていないが、吟誦の場では、間を置くことと仕草とで「いかさまに思ほしめせか」の意は伝わったはずだ。

なお武田祐吉によれば、「日知り」とはもともと「日を知る特別な人」の意で、漢字が伝わったとき「聖」の字の意味に習合した。「時のめぐりを支える女神」持統の聖性が、歌語りの流れの中で再び確認される。そして神武という「造り出された伝承」の初代の天皇の都の所在まで人麻呂が知っていたことは、いったい何を意味するのか――『古事記』は二十二年後に、『日本紀』にいたっては三十年後に、初めて日の目を見るのだから。

天《そら》にみつ　大和をおきて　青丹《あをに》よし　奈良山を越え
いかさまに　思ほしめせか
天離《あまざか》る　ひなにはあれど　石走《いはばし》る　淡海《あふみ》の国の
楽浪《ささなみ》の　大津の宮に　天《あめ》の下　知らしめしけむ

そらにみつ　あの大和を後に　青丹よし　奈良の山をも越えて
いったいどのようにお考えになってのことか
遥かに遠い田舎《ひな》だというに　石走る　近江の国の
さざなみの大津の宮で　天下を治めたりなさったものか

ここで人麻呂は、ついに言葉に出して、天智を非難する。近江朝が滅びたのも自業自得と言わんばかりだが、歌語りの流れの中でも、額田王の三輪山鎮魂歌（一七番歌）と呼応しながら、はっきりそう主張している――この歌を「長歌としては最初の」作品と見たり（根拠は配列の仕方しかないようだが）出世作と考える学者は多い。
伊藤博は言う、宮廷で吟誦を聞いた「女帝のことのほかの感動は人麻呂登用にとって鶴の一声であったと思われる」と。天智と持統という父娘の関係を、そんなにも単純に考えていいものだろうか——父娘の愛憎半ばするアンビヴァレントな思いは、公式の席で父への非難を黙認することはできたにしても、はたして「激賞」までするかどうか。長歌は一言も、天智帝その人を偲んではいないのである。

天皇《すめろぎ》の　神の尊《みこと》の
大宮は　此処と聞けども　大殿は　此処と言へども
春草の　繁く生《お》ひたる　霞立ち　春日《はるひ》の霧《き》れる
百磯城《ももしき》の　大宮処《おおみやどころ》　見れば悲しも

皇祖の裔《すえ》の天皇であられた神の命の
大宮はここだと聞いたが　大殿はここだと言うが
春の草がいたずらに生い繁り　霞が立って春の日もおぼろにけぶり
磯城をめぐらせた大宮の跡を目の当たりに　心はただ悲しみに　閉ざされていくばかり

古来の大和の国魂を無視した結果が眼前にある。恩讐もいまは遠い過去となり、貴顕貴女の幻も、春霞の彼方へと歩み去って行く……このとき、ふと、人麻呂の心をよぎる映像があった。天智の大殯のときの額田王の歌（一五一番歌）が喚起する御座船のイメージだが、もちろん現実には見えない。後を追うように、同じときの女官の歌がよみがえる。

やすみしし　わご大君の　大御船　待ちか恋ふらむ　志賀の辛崎（一五二番歌）

追和の歌が、自然に人麻呂の口をついた。

ささなみの　志賀の辛崎　幸《さき》くあれど
大宮人の　船待ちかねつ

さざなみの志賀の辛崎よ　おまえは今も　変わらぬたたずまいだが
昔のように　大宮人を乗せた船を待つことは　もうできぬのだなあ

不意に、衝き上げる思いがあった。待つことさえ、いまはできない。たゆたう入り江の水面《みなも》こそ、わが思いではないか。だしぬけに自分一個の感情がほとばしる——人麻呂はおのれの叶わぬ恋情を眼前の風景に重ねて歌う。たしかに伊藤博が聞き取ったとおり「この肉声には、根源の魂振り思想からの逸脱がある」。逸脱を強いる激しい思いが、人麻呂の胸に渦巻いていた。

ささなみの　志賀の大わだ　淀むとも

昔の人に　またも逢はめやも
さざなみの志賀の入り江よ　おまえはいまも　人待ち顔に淀んでいるが
在りし日のたおやめに　二度とふたたび　めぐり逢うことができようか

第十四の語り　神国出現の歌語り

一　吉野における魂振りの秘儀

持統天皇の吉野行幸は、在位十一年間に三十一回にも及んで、いかにも尋常でない。いや尋常でないと言うなら（国文学者は避けて通る問題だが）持統天皇の即位そのものが前例のない形で行われた。それまでの二人の女王は、豪族の思惑と強力なバック・アップとによって擁立された。持統の場合は、まったく異なる。天武の皇后は、いわばおのれの意志と知恵と政治力とによって王位についたのだから——そのことと吉野行幸は、少なくとも初期段階では、密接にかかわっている。

最初の女王・推古の登場は、大臣・蘇我馬子の策謀によると言っていい。崇峻大王を暗殺したものの、皇統が敏達大王の長子・彦人大兄に移って自分の影響圏から離れるのを、何とかして防がねばならない。馬子は、彦人大兄を抑えて即位できる唯一の有資格者・敏達の妃で用明大王の王女でもある炊屋姫《かしきやひめ》を、王位に押し上げたのだった。

二人目の女王・皇極の即位は、大臣・蘇我蝦夷《えみし》の思惑によるものだった。舒明大王の死によって山背大兄が即位し、皇統がそのまま上宮王家に移ってしまう事態は、何としてでも阻まねばならぬ。そのためには舒明大后の宝皇女を王位につけて、やがて舒明と自分の娘とのあいだに生まれた古人大兄が王位に就く日を待つ。それが狙いだった。

天武天皇の統治は、天皇個人のカリスマ性に依存するところが大きかったようだ。もちろん、大化のクーデタ・白村江の敗戦・壬申の内戦と続いたことによって、中央豪族の力が弱まったという「幸運」もあずかっている。加えて、都を大和に戻すという事業を、いわば反宗教革命ふうに受け取った旧豪族たちも少なくなかった。天武はその指導者でもあったわけで、そこから、初めてカミと歌われる大王となった。

大君は　神にし坐《ま》せば　赤駒の　匍匐《はらば》ふ田井《たゐ》を　都となしつ（四二六〇番歌）

大君は天武、都は飛鳥浄御原宮、作者は大和の大豪族の族長である将軍・大伴御行——ただしカミとは、本来「人間に対して威力をふるい、威力をもって臨むもの」すべてを指した。わたしたちの考える神、「気まぐれではない意志を持ち、人格を備えた創造者」であるゴッドとはまるで違う——この歌も、田を都に変えたことに人間を越えた魔術的な力を感じ取って賛嘆し畏怖しているので、それ以上の人格的な含みはまるでない。

持統がおこなった二年二ヶ月におよぶ異様に長い天武の殯《もがり》は、事実は独裁体制でありながら、天武の霊との共同統治としての説得力を持った。その間に皇位継承権第二位で天武譲りのカリスマさえ備えていたらしい大津皇子を粛清し、称制二年の十一月に天武を葬って「霊との共治体制」を精算すると、翌六八九年一月に初めて吉野に行幸する。

このとき持統は、自分の息子で皇太子の草壁の即位を断念したのではないか。状況は、善良ではあっても凡庸な草壁で乗り切れるとは、とうてい考えられない。持統もまた、天武と同じに、個人のカリスマによる統治を信じていたように見える。そして天武の唱えた皇親制という統治思想は、原理的に、王家の内紛を内蔵していた。

正史は二十八歳の皇太子不即位の理由については完全に沈黙を守っているから、皇太子病弱説から女帝の王権への執念説まで、すべては憶測に過ぎない――しかも、わたしたちのイメージには、同時代の東アジアの偉大な女王・武則天が大きな影を落とす。武后が夫・高祖を失ったのは六八三年、政権を握りつづけて、ついに帝位に登るのは持統とまったく同じ六九〇年なのだから。

二回目の吉野行幸は同年八月。草壁はすでに亡く、浄御原令を施行して一ヶ月あまりのち――このときの最大の課題は、翌六九〇年元旦に予定される、持統自身の即位の詰めではなかったか。

三回目は即位の翌月、二月のこと――人麻呂の最初の吉野讃歌は持統の即位を支持する効果をもたらすもので、このとき謡われた可能性が最も高い。

四回目は同年五月――このときの課題は統治体制の整備だろう。高市皇子を皇太子に準じる地位に着け、太政大臣に任じることとの是非得失。

五回目は同年八月、六回目は同年十月――課題は藤原京遷都の是非か。

七回目は同年十二月——即位の年の吉野行幸は、じつに五回におよぶ。

以後、六九一年は四回。六九二年は三輪高市麻呂の異議を押し切ったあとで、五月・七月・十月と三回——人麻呂の第二の吉野讃歌は、おそらく「原万葉」発表に当たっての新作である。

六九三年はまた五回、六九四年・三回と続き、その年の暮れに藤原京遷都が実現する。六九五年はまたまた五回。六九六年は三回だが、七月に高市皇子尊が死んで、まもなく人麻呂の姿も女帝の側近から消えると、吉野行幸はぱたりと止んだ。

その後、吉野行幸はただの一回。翌六九七年、孫の立太子を済ませた後の四月のこと。四ヶ月後には文武に譲位して、持統は初めての上皇となった……。

やすみしし　わご大君の　聞《きこ》し食《め》す　天《あめ》の下に
国はしも　多《さは》にあれども　山川の　清き河内《かふち》と
御心を　吉野の国の　花散らふ　秋津の野辺に
宮柱　太敷きませば
百磯城《ももしき》の　大宮人は
船並《な》めて　朝川渡り　舟競《きほ》ひ　夕河渡る
この川の　絶ゆることなく　この山の　いや高知らす
水激《たぎ》つ　滝の都は　見れど飽かぬかも

見れど飽かぬ　吉野の河の　常滑《とこなめ》の
絶ゆることなく　また還り見む

すべてを見透《とお》すわれらが大君　大君の治め給う天下には
国といえど　まことに多いが　山も川も清気みなぎる別天地よと
御心をお寄せになるのは　吉野の国の　花の舞い散る秋津野の地　そこにこそ
御柱も堂々と　宮殿をお建てになった　それゆえに
お仕えする廷臣たちは
朝には船を並べて川を渡り　夕べには船を競って河を渡る
この川の流れのように　絶えることなく　この山のように　いよいよ高く
われらが大君は君臨なさる
激流きらめく　滝の宮処《みやどころ》は　いくら見ても　見飽きることを知らないとも

いつまでも見飽きることない　吉野の川　清らかな川底の石
その川と同じに　数えきれぬ石と同じに　われら　また
絶えることなく立ち帰り　あまたたび立ち帰ろう
（この聖地にて　見ることによる魂振《たまふ》りを　受けましょうぞ）

歌語りはいきなりコロスの、合唱隊の朗唱から始まり、語りは天武が所も同じ吉野でおこなった「見ることによる魂振り」（二七番歌）を思い起こさせる。この地はわれらの王朝の発祥の聖地。この聖地の魂《たま》を身に振り付けることは、この国を統治する霊力を身に付けることにほかならぬ……このとき人麻呂は、おぼろげながらも、新しい宗教の誕生を感じていた。まだはっきりと言葉にはできないけれど、漢国《からくに》の儒教や道教とははっきり違う、このくに独自の宗教の鼓動を。
（「御言《みこと》持ち歌人」という、無意識に誤解を招き寄せる国文学界用語がある。この用語を使うかぎり、詩人は伝達者であって、発想者は王者ということになってしまう。統治される側の「仰ぎ見る」心の姿勢にはふさわしいかもしれないし、その実例にもまた事欠かないが、これほど思想の誕生について鈍感な言葉もあるまい。）

　このとき、慣行の国名・倭を捨て、勢力圏も列島に限定した「日本」は、国王の称号を六七四年の唐にならって「天皇」（このとき武后も「天后」となった）とする。だが、仏教への接近は見せたものの、国家イデオロギーはまだない——明敏な持統は、だからこそカリスマによる統治が欠かせないことを、肌で感じ取っていた。

　人麻呂はここで、聖地における魂振りこそカリスマを増強するものであることを説き、女王の手を取るようにして聖地巡礼の効用を勧誘する——天武以来の懸案の歴史策定にしても、それが急がれるのは、史実を記録しておくためなどではない。先例の積み重ねによって国家イデオロギーを創り出そうという試みに通じるからだった。

　語りは再び朗唱を繰り返す。歌によって情景を喚起しながら、その情景に新たに付与された意味を、観客の心に沁み込ませる——たしかにここには、時代の垢と日々の俗塵にまみれた三輪山信仰とは違う、清新な何かがある。神聖女王を正式に天皇として戴いたばかりの、このくににふさわしい何かが生まれようとしている、と。

二　現人神讃歌、あるいは天皇教の誕生

やすみしし　わご大君　神ながら　神さびせすと
吉野川　激《たぎ》つ河内《かふち》に　高殿を　高知りまして
登り立ち　国見をせせば
畳《たたな》はる　青垣山　山神《やまつみ》の　奉《まつ》る御調《みつき》と
春べは　花かざし持ち　秋立てば　黄葉《もみちば》かざせり
逝《ゆ》き副《そ》ふ　川の神も　大御食《おほみけ》に　仕へ奉ると
上つ瀬に　鵜川《うかは》を立ち　下つ瀬に　小網《さで》さし渡す
山川も　依りて仕ふる　神の御代かも

山川も　依りて仕ふる　神ながら
たぎつ河内に　船出せすかも

すべてを見透すわれらが大君
大君はすでに神でありながら　なおいっそう神の霊力を増そうとなさって
吉野川の激流渦巻く別天地　この河内に　高殿をいや高くお立てになって
その高殿に登り立ち　国見をなされる
（すると　どうであろう）
折り重なる青垣にも似た山々では　山の神がさらに尊い神に捧げ奉る御調物とて
春の季節には　かざしの花を差しあげ　秋ともなれば　紅葉をかざして御覧にいれる
高殿に寄り添って流れる川でも　川の神がさらに尊い神の御食事に奉仕するとて
上流の瀬には鵜飼を用意し　下流の瀬には小網の漁を準備している
山の神も川の神も　こぞってお仕えする　いまこそは　まことに尊い神の御代ではないか

山の神も川の神も　こぞってお仕えする　まこと　尊い神として
われらが大君は　激流きらめくこの別天地に　船出をなさることよ

ついに「日本讃歌」とでも呼ぶべき聖歌劇も（最初の上演では）終幕を迎える。持統をはじめ、女官や内廷の廷臣たちが、初めて見聞きするクライマクスであった。

歌語りはやはりコロスの朗唱から始まる。語りはウツセミの世界の幕開けを告げる国見歌（二番歌）を呼び寄せる。われらの女王は、かつての大王たちよりさらに聖性を増し、われらのみならず国つ神たちまで、すすんでお仕えするようになった。

語りはまた冒頭の歌（一番歌）をも呼び寄せる。天つ神と国つ神との上下関係は同じにしても、支配し強制するイニシへの神とは異なり、ウッセミのわれらの神は清らかな霊気に満ち、それゆえ国つ神たちもみずから競ってお仕えする。天と地の調和に満ちた時代がやってきたのだ、と。

コロスは力強く、言霊の籠もる歌を合唱する。激流きらめく別天地とは、まさにユートピアではないか。そのユートピアに向かって、われらの神聖女王は、いままさに船出をなさる……みごとな終幕だし、歌語りの流れに乗せられて押し流されてきた観衆には、ほぼ四十年後の海犬養宿禰麿の感慨さえ胸を衝いたかもしれない。

御民《みたみ》われ　生ける験《しるし》あり　天地《あめつち》の　栄ゆる時に　あへらく思へば（九九六番歌）

たとえば歌人・伊藤左千夫は、吉野讃歌の長歌二首をひとまとめに、人麻呂一代の傑作と讃えて断言する。「高天の下に立ち大地を踏み、静かに朗唱幾遍せば、何人と雖も、云ふに云はれぬ尊い感に打たれて、神の御世と云ふことを思はずには居られまい。『山河も依りて仕ふる神の御代かも』の嘆唱はどうしても神の声である。全く人間を超絶した響である」と。

こういう感受性を、わたしたちはファナティックと呼ぶ。これはまた信仰を共有しない者、共感できない者を、信念をもって排除する感覚でもある――じっさいは、第一の長歌は眼前の風景にたいする感動に裏打ちされているけれども、第二の長歌は概念的で「八句づつの対句」なるものも、落ち着いて聞けば叙景ではない。現実のブレーキを持たない世界で、理念は上滑りに滑って、幻想を信じ込ませるにいたる。

言霊は、時に人を奮い立たせ、時に人を狂気に誘う。古代の文学に接するとき、宗教に対する無知はもちろん、思想にたいする鈍感さも致命傷になる——いわゆる「吉野讃歌」四首を一連の歌群として捉えることは、第一の長短歌の感動を第二の長短歌に持ち込むことで、人麻呂の仕掛けた罠にみずから跳び込むことに他ならない。

第一群と第二群の間には、論理では越えがたい思想の飛躍がある。それをしも軽々と飛び越えさせるのは、感動に裏打ちされた言霊の力であるらしい。ふたつの歌群を並べたのは、その対比の間に新しい現人神信仰の誕生を語るための工夫である。このくに独自の宗教的な情動の、あるいはタブーの源泉とされる天皇教も、じつはわずか千三百年の歴史しか持たない、ひとりの魔術師の閃きから生まれたイデアに過ぎない。

大いなる飛躍だから、飛び越えてしまった問題も多い。最大のものをひとつだけ挙げておくなら、イセ対ヨシノの問題がある——皇祖神のイセとヤマトの国魂のヨシノとの関係は、いったいどうなるのか。血の原理にもとづくイセと、原理神を思わせるヨシノと。外廷系の（中臣系の）イセと内廷系の（春日系の）ヨシノと。もちろん歴史の審判ははやばやと下った。いま、聖地巡礼の先に吉野宮滝を選ぶ人はいない。ただ、呪文のように、歌だけが残った。

……神ながら　たぎつ河内に　船出せすかも

陽光にきらめく川波。飛び散る光のかけら。そのなかを、ユートピアに向かって船出する神聖女王……六九二年晩春の聖歌劇は「神の国」の現前の幻想のうちに、めでたく幕を閉じた。

要約　聖歌劇の構造——「日本讃歌」復原

（括弧内の数字は歌番号を表す）

第一幕　新たなる国、新たなる王権——倭国から日本へ、大王から天皇へ

（国家統一の理念が語られる＝力による支配から、魔術による支配へ）

冒頭の語り　イニシへの世界——大王ワカタケの求婚の歌劇（一）

第二の語り　ウツセミの世界——新時代の幕開けを告げる吟誦（二～四）

第二幕　忍び寄る動乱——天皇霊に乱れが生じるとき

（三つの三角関係＝天皇をめぐる言霊の世界の乱れが、国家の動乱を招く）

第三の語り　額田王と大海人皇子の恋（七～九）

一　引き裂かれた恋人たちの歌語り……歌に言霊が宿るとき

二　恋人たちを引き裂く宿命の歌語り……言霊に嘉された歌人の不幸

三　別れてもなお胸騒ぐ思いの歌語り……女王付魔術師の感応力

第四の語り　間人大后と中大兄皇子の宿命の愛（一〇～一二）

一　禁断の愛のゆくえの歌語り……タブーの侵犯が暗雲を呼ぶ
二　恋に酔う成熟した女性の歌語り……タブー侵犯の酩酊
三　神に呪われた恋する女の歌語り……侵犯者の宿命
第五の語り　幕間狂言ふうに――勝者の驕り（一三～一五）
第三幕　迫り来る内戦――大和心と漢心《からごころ》の争い
（カミを侮る者と、カミを敬う者と＝避けがたい対決の時は迫る）
第六の語り　唐風の宴……言霊を侮るものたち（一六）
第七の語り　三輪山鎮魂（一七～一九）
第八の語り　御狩野の相聞……大海人に憑依したカミの語り（二〇～二一）
第四幕　壬申の乱の収束――魂鎮めと魂振りと
（秩序再生のあるべき姿が語られる＝天皇霊の回復に向かって）
第九の語り　伊勢へ旅立つ十市皇女……悲劇の浄化（二二）
第十の語り　小狂言ふうに――敗者はただ命を惜しみ（二三・二四）
第十一の語り　吉野の天武帝……国魂への祈り（二五・二七）
第五幕　ユートピアの幻想――天皇教の誕生
（独自の国家イデオロギーの創出へ。八百万の神々を統治するカミの登場＝天皇霊の聖化）
第十二の語り　秩序回復の歌語り――時のめぐりを支える女王（二八）
第十三の語り　旧都近江鎮魂の歌語り（二九～三一）

第十四の語り　神国出現の歌語り（三六〜三九）

一　吉野宮滝の魂振りの秘儀

二　現人神讃歌、あるいは天皇教の誕生

脚注に代えて　最大の謎は、これほど整然と「心情の論理」にのっとって展開する聖歌劇が、なぜ千三百年も『万葉集』のなかに埋もれたまま放置されたのか……この問題かもしれない。考えられる答えはそれほど多くはない。

ひとつには、国家イデオロギーに触れることは、わたしたちのくにでは一九四五年まで、つねに危険をともなったということ。天皇制は、古代ではもちろん「天つ罪」として。政権の実質が律令貴族を去った中世以降も、天皇制はなお、権威の源泉としてタブーでありつづけたために。

1　記紀神話以来、現在にいたるまで、領域を限定することで、このくには思想においてもローカル・ルールを堅持しようとし、またそれが可能でもあったこと。

2　征夷大将軍による統治とは原理的に軍政下に置かれることだし、明治維新も革命のイデオロギーを持たなかったから、国民を纏めるためには、統治を聖化するフィクションが必要だった。

3　敗戦によって呪縛から解放されたという判断は表向きに過ぎなくて、内実は一九四五年以後も、タブーは学問の世界にさえ生き延び、学者は無意識に（意識的にとは考えたくないが）禁忌を避けて通って来たせいではなかったか。

いまひとつには、すべての万葉研究者が『万葉集』には核となる「原万葉」が存在することを、またそれは何者かの手によって編集されたものであることまでも承認しながら、なぜか「編集」という作業の持つ意味については、誰一人、考えてもみようとしなかったために——考えにくいことだが「編集」という作業について無知だったのか、それともタブーを犯す予感のまえにたじろいで無知を装ってきたのか。口実はいくらでもつけられる。古墳の学術調査さえできないで、わたしたちはいまなお、臆面もなく、このくにの古代史を語っているくらいだから。

そして、最後に二点だけ確認しておこう。ひとつは、この聖歌劇が、いまに残る歴史策定の最初の試みの証拠、少なくとも文字に残る最初の文献であること。決定版とされる『日本紀』さえ、あらまほしき歴史の先例の集成の趣きがありながら歴史文献としても扱われるのだから、「原万葉」も歴史物語を文字に定着することを試みた最初の文献として扱われなければならないこと。

いまひとつは、たしかにここには天皇教の誕生を告げる現人神讃歌があるけれども、カリスマは（天武の場合と同じく）女帝・持統個人に付着しているものであること。地位に伴うものではないから、忠誠の誓いは（それまでの誄と同じく）代替わりの度に更新されなければならないものであったこと。

人麻呂の革新神道は、強烈な宗教性ゆえに、制度としての天皇のカリスマなどとうてい認められなかった……パトロネス・持統との乖離《かいり》は、天皇教成立の時点で、すでに胚胎していたのだった。

第三部　聖史詩劇「原万葉」の埋葬、あるいは歴史の復讐

第一章　縁起の歌群のひそかな告発

四〇　嗚呼見《あみ》の浦に　船乗りすらむ　をとめらが　珠裳《たまも》の裾に　潮満つらむか
四一　くしろ着く　手節《たふし》の崎に　今日もかも　大宮人の　玉藻刈るらむ
四二　潮騒《しほさゐ》に　伊良虞《いらご》の島辺《しまへ》漕ぐ船に　妹《いも》乗るらむか　荒き島廻《しまみ》を
四三　わが背子は　何処《いづく》行くらむ　奥《おき》つもの　隠《なばり》の山を　今日か越ゆらむ
四四　吾妹子《わぎもこ》を　いざ見の山を　高みかも　大和の見えぬ　国遠みかも

何の思い込みもなしにこの五首を読めば、どのように解釈しようと、相聞の歌群（しかも、ひと連なりではあるが、前段と後段に分かれた二つの歌群）としか読めないだろう。当然の疑問が（しかし誰ひとり「言挙げ」しなかった疑問が、そのことの不思議さをも含めて）すぐさま頭に浮かぶ。

1　相聞歌がなぜ、巻二の相聞の部にではなくて、ここに収められているのか？

2　万葉学者の用語を使うなら、この五首はどう読んでも「褻《ケ》」の歌なのに、なぜ最も重要な歌巻とされる巻一、すなわち「晴《ハレ》」の歌巻に紛れ込んだのか？

3　古代人の心性に即して巻一を読んでいくなら、聖なる言霊《ことだま》の昂まりの、同時にまた心情の昂まりの頂点をも示す、いわゆる「吉野讃歌」と「安騎野狩猟歌」との間に、なぜこのような夾雑物が挿入されたのか？

とりあえず、伊藤博の口語訳によって表にあらわれた大意を見ておこう。初めてこの五首を、ひと纏まりの歌群として捉えた勇気に、深い敬意を篭めて。

「嗚呼見の浦で船遊びをしているおとめたちの美しい裳の裾に、今頃は潮が満ち寄せていることであろうか。

あの麗しい答志の崎で、今日あたりも、大宮人たちが美しい藻を刈って楽しんでいることであろうか。

潮のざわめく中、伊良虞の島辺《しまべ》を漕ぐ船に、今頃あの娘《こ》は乗っていることであろうか。あの風波《かざなみ》の荒い島のあたりを。

あの人はどのあたりを旅しておられるのであろう。沖つ藻の隠《なば》るという名張《なばり》、あの名張の山を今日あたり越えていることであろうか。

我が妻をいざ見ようという、いざ見の山が高いからかなあ、大和が見えないよ。それとも国が遠いからかなあ」

一首ずつ読み解いていく限り、三つの疑問は避けて通ることができる。とはいえ一首ずつ読んでいったにしても、巻一のだしぬけの変調に、誰も気づかなかったとは考えにくい。巻一ではここまで、歌はほぼ時代順に並んでいるのだからと、とりあえず納得したことにしたのだろう——左注者のように「旧本」に載せているからという理由でそのままにしておきながら、左注者とは異なって疑問を明記することは省いたわけか。

しかし、歌群として読み進むことを宣言した伊藤博の場合は、この手は効かない。そこで危険を承知の上で「最初の題詞の〈伊勢の国に幸す時に〉は四〇~四全体にかかる」とし、強引に一つの歌群として解釈にかかる。「行幸時における思慕の歌といらまとまり」とか「新しい時代の偲び歌（悲別歌）の典型として、組をなして伝えられたものと思われる」とか、言葉はきらびやかだが内実は苦しい。当麻真人人麻呂《たぎまのまひと》の妻と石上《いそのかみ》大臣（当時）との恋愛関係を前提にしなければ、この仮説は成立しないのだから——この二首に限って題詞は頭注に過ぎないと見なすのなら、さらなる論を欠くわけにはいくまい。

行幸の留守を守る男と、行幸に随行した男を思いやる女の歌と、行幸に随行した男の歌という事情のことなる歌を、「思慕」を共通項に、組にして纏めたなどという歌群の例が、他にもあるのだろうか。特例とすれば、やはりその意味は問われねばなるまい。この論理の綻びを、伊藤博はビーン・ボールを連想させるアフォリズムで見えにくくする——「女性との身を入れての交わりが豊かな詩情の土壌になりうることを軽視するものに、詩を味わう資格はない」と。

しかし、歌群の流れに乗って読み進んできたわたしたちには、「聖歌劇」はこの前の「吉野讃歌」を以て終わり、この歌群はそのことを明示するために挿入されたらしいと、おぼろげながらわかってくる。またこの破調は同時に、「聖歌劇」を受け継ぎながら、ここから第二次編集が始まったことを暗示するものらしいということも。

巻一の第二次編集は、しかし、この歌群から「藤原宮御井歌」まで（歌番号では四〇〜五三まで）を追加したにとどまる。この巻一に新しく編んだ巻二（ただし、のちの挿入部分と、寧楽宮の標目以後を省く）を合わせた万葉集の時代があった――『万葉集』という歌集名も、おそらくそのときに命名された。万代の末までもの規範であってほしいという、編者の切実な、しかしいまから見れば空しい願いを篭めて。

相聞の歌群がここに挿入された理由も、ここまで詰めれば、わたしたちにもはっきりわかる。第二次編集における巻一とは、言霊《ことだま》の聖書としての「聖歌劇」と、その裏で語られる宣教師の受難《パシオン》の物語なのだから。巻二はそのとき、聖書の言霊の人間《じんかん》における展開となり、聖書のイデオロギーの具体的な解説書の役割をになうだろう。*

* 『万葉集』の第二次編集については、「原万葉」時より事情が更に錯綜しているので、いずれ稿を改めて論じる他ない。ここでは最小限不可欠の情報だけを記して、あとで可能なかぎり、ラフ・スケッチを試みることにしよう――なぜ、第二次編集が企てられねばならなかったのか？
天平十六年（七七四）二月から翌年八月にかけて、このくには二重政権の時代を持った。紫香楽

宮の聖武帝・光明皇后を中心とする政権の仏教への急接近と、難波宮の元正上皇と橘左大臣を中心とする国風派との間に、国家イデオロギーをめぐる激突が発生する。そのとき難波政権の宣教の聖書として「原万葉」が復活し、両政権の妥協の成立とともに、再び歴史の闇に沈んでいく——なお、この見方は、第二次第三次編集に素材を提供した〈元明宮廷詞華集〉の存在を否定するものではない。ただし、それは「原万葉」や「元正万葉」のように国家イデオロギーに関わるものではなく、ごく普通の(本来の意味での)詞華集であった。

第十五の語り　新神道の宣教師の身に何が起きたか

この歌語りは、おそらく難波宮の上皇の宮廷で、政権の正当性の主張と志気高揚のために上演されたものであろう。初演のとき、まだ巻二の歌群の編集は、アイディアのみで手付かずに近い状態だったのではないか。

まずコロスの長《おさ》が登場し、六九二年三月の国家の祭祀をめぐる、旧神道派と新神道派すなわち天皇神道派との衝突を物語る。それはまさに、上演時の国家イデオロギーの激突の危機感と重なる思いで受け取られたに違いない。

舞台脇では、人麻呂に扮した伎人《わざひと》が「原万葉」の編集に倦んで、筆を休め遙か伊勢のかたに視線を漂わせる。と、舞台は一転して華やぎ、人麻呂の幻視がページェントとなって現前する。

（伊勢こそは皇祖神の新しい宮処、もちろん、このわたしも知り尽くしている。おお、わが呼バヒに応えて、嗚呼見の入り江が、磯遊びの情景が、ありありと浮かんでくる）

嗚呼見の浦で舟遊びをしているだろう若々しい女官たちよ
あなたたちの美しい裳裾には　潮がひたひたと満ちていることだろうね

（華やかな裳裾をからげ、眼に沁みるように白い脛をちらと見せて、いましも舟に乗り込もうとしているさまが、目に見えるようだ……おや、あの島影は答志《たふし》の島ではないか。笑いさんざめく女官たちの腕輪の燦めきよ）

美しい腕輪を着けるという　その名もゆかしい手節の岬に　今日もまた
大宮仕えの女官たちが　きれいな藻を探し集めて　笑い興じているのだろうか

（きみたちにとっては楽しい遊びだが、流人にとっては藻を刈るのは生命を繋ぐよすがなんだぞ……おお、潮騒まできこえてくる。その荒々しい波音からすると、伊良湖岬まで舟遊びの船脚を伸ばしたのか）

風が吹き潮が鳴って　波騒ぐ伊良虞の島のあたりを漕ぎ進む舟よ
その舟にあなたも乗っているのだろうか　荒々しい島巡りだというのに

歌語り前段の吟唱が終わって、観客の心に残る残像はきわめて官能的だ。青い海と白い脛と、緑の藻と白い手首の腕輪の煌めきと、ざらつく黒い岩肌とぬめるように白い柔肌との対比。それは詩人・人麻呂の感覚に訴える力の卓越を物語るとともに、女官との恋を、すなわち禁制の恋の危うさを予感させる。*

* 「原万葉」も詞華集の一部としてしか受け取ろうとしない伊藤博は、危うさと裏腹の三首の劇的な緊張に気づかない。だが狭い視野のかぎりでは、みごとな鑑賞力を発揮する――〈をとめら〉から〈大宮人〉へ、さらに〈妹〉へと、関心の焦点は絞り込まれていく。また時間も、漠としたものから今日へ、さらに今この瞬間へと、絞り込まれる。だが逆に、恋人との地理的な距離は、嗚呼見の浦から手節の岬へ、さらには伊良虞の島へと遠ざかっていく、と。たしかに、恋の思いの切なさはいやまさるだろう。

いまひとつ。この三首は人麻呂の幻視の質を暗示しているのではないか。それはロング・ショットから次第に焦点を絞り込んでいくカメラ・ワークにも似て、なまなましい感覚性もあくまで視覚にもとづいている。じっさいに目撃している臨場感さえも備わる秘密は何処にあるのか？「肉体は此処に留まりながら魂を飛ばして遥かな土地の出来事を見る」というのは、どの古代文化にも共通する偉大なマジシャンの特性には違いないけれど……言霊に嘉《よみ》された人麻呂も、あるいは類似の能力を持っていたのか。

歌語りの後段で、危うい予感は、すでに現実のものとなっている。主役は不安な旅の途上にある夫と、都に残された妻――おそらく名前まであらわに語られることはなく、歌劇も暗示的に演出されたのではないか。たとえば舞台の片袖で妻が謡い、反対側の舞台の影で、姿の見えぬ夫が応えるというような形で。

わたしの大切な夫は　いったい何処に行ってしまうの
沖つ藻という禍々《まがまが》しい枕詞を持つ　そのうえ隠れるに通じる名前を持つ
あの奥深い名張の山を　今日あたり　越えているのでしょうか
（沖つ藻はおどろに乱れた髪を、それにつづく隠《なばり》は海底に横たわる屍を、どうしても連想させてしまう……この不吉な胸騒ぎが、わたしの思い過ごしであってくれれば……）
いとしい妻をいざ見ようとの名前を持つ　いざ見の山とは名ばかりではないか
何という高い山だ　大和の国さえ　ちらとも見えぬ
それとも　すでに　思いもかけぬ遠い国まで来てしまったのか
（何かとんでもない告発を受けたに違いない。主上《おかみ》にお目にかかりさえすれば誤解は解けると信じていたのだが……それさえも叶わぬとなると、わたしはいったい……）

不安と希望の交錯。相聞の二首が喚起するのは、罪状も知らされずいきなり家から連行される、独裁政権下の思想犯の姿だ。不安にさいなまれる二首には、不幸な時代の相聞の悲痛な響きがこもっている。第二次の編者は、まことに危うい橋を渡る。ここにあるのは「かたじけない神政政治」というコインの裏側に貼り付いている不条理ではないか。
名目は何であれ、実質的な流罪から実質的な死刑に至る人麻呂歌語りは、元正万葉編集の時点で、すでに成立していたのではないか。そうとでも考えないかぎり、この編者の力量からみて、あまりにもみごとに巻二の終幕と呼応しすぎている。まるで人麻呂の最後を見据えているような、続く鎮魂の歌巻への、みごとな前奏の役割。

ともあれ、この歌劇が暗示するのは、人麻呂の失脚であり、追放の理由は（少なくとも表向きは）采女との禁じられた恋にあった……ここで、いまひとつ判然としないのは、第二次の編者の（というより編集グループの）狙いである。第一次の編者・人麻呂にあった宣教師にふさわしい信仰、そこに欠けるところがあったがゆえの曖昧さなのか、それとも単に魔術師の能力の差に過ぎないのか？

語りはしかし、密告者の存在を暗示するにとどまったように思われる。また編者にとっては、それで充分だったのかもしれない。すでに長屋王の悲劇を知る観衆にとっては、わざわざ名指すまでもなかった。観衆は密告者の背後に、律と令を自在にあやつる藤原不比等の大きな黒い影を見たに違いないのだから……だが、事件の意味は、果たして権力争いに尽きるものだったのか？

飛び散る光のかけらのなかをユートピアに向かって船出する神聖女王のイメージで、天皇教の誕生を謳い上げた魔術師・人麻呂の失脚。そして大宝律令の構築者・不比等の重用。それは生まれたばかりのスメロギズムの神学の、事実上のすり替えを意味する——すり替えの提案者は不比等でもあろうが、決断を下したのは女帝・持統であった。パトロネスは心変わりをして新教の宣教師を切り捨てたのだが、そのことは、おそらく人麻呂自身にも予期せぬ出来事だったのではないか。

語りも、そのことには触れなかった。天皇教の宣教師を追放した者を告発しながら、持統の心変わりには触れない。あるいは気づきさえしなかったのかもしれぬ——持統女帝もまた欺かれたのであって、罪は密告者にあると仄めかしているのかもしれない。密告は藤原氏のお家芸ではないか。その藤原氏が、いままた聖武帝を欺こうとしている、と。

人麻呂は罪が無いどころか、誠忠そのものの詩人であった。その証拠にと、元正万葉はたたみこむように、つぎの歌語りへ導いていく——ことの意味が、すり替えの効用が明らかになるのは藤原京の祝歌《ほぎうた》だが、その祝歌《ほぎうた》で第二次編集の巻一を閉じた編者たちに、果たしてそこまでの意識があったたろうか？　あるいはこれも、専制国家で国家イデオロギーを論じることの危険を知り尽くしたうえでの、過剰な韜晦が生んだ曖昧さなのか？

第二章「ひむがしの　野に炎《かぎろひ》の」

四五　やすみしし　わご大君　高照らす　日の御子
神ながら　神さびせすと　太敷かす　京を置きて
隠国《こもりく》の　泊瀬《はつせ》の山は　真木立つ　荒き山道を
石《いは》が根　禁樹《さへき》おしなべ　坂鳥の　朝越えまして
玉かぎる　夕さりくれば　み雪降る　阿騎《あき》の大野に
旗薄《はたすすき》　小竹《しの》をおしなべ　草枕　旅宿りせす　古《いにしへ》思ひて

四六　阿騎の野に　宿る旅人　打ち靡き　眠《い》も寝らめやも　古思ふに

四七　ま草刈る　荒野にはあれど　黄葉《もみちば》の　過ぎにし君が　形見とそ来し

四八　東《ひむがし》の　野に炎《かぎろひ》の　立つ見えて　かへり見すれば　月傾《かたぶ》きぬ

四九　日並《ひなみし》の　皇子の命の　馬並《な》めて　御猟《みかり》立たしし　時は来向かふ

第十六の語り　霊魂継承の秘儀、あるいは白魔術の伝統

濃密に呪術性の漂う歌群である。千三百年後のわたしたちにとっては、異様な、ある意味では不気味でさえある雰囲気がただよう。時は冬。黙々と泊瀬《はつせ》の山峡《やまかい》を進む騎馬の小集団。「隠国《こもりく》」は幽界を、「石《いは》が根」は死者の眠る石棺を、「禁樹《さへき》」は結界を、「坂鳥」は魂の運び手たる鳥たちのイメージを、畳みかけるように喚び起こす。「玉」は霊《タマ》に通じ、さらには「旗」を思わせる薄や剣にも似た篠竹を「おしなべ」押し倒して雪中に夜営するとき、すでに狩猟の旅は、日常の世界から異界への侵入に変容している。

あまねく国土をお治めになる　わが大王《おほきみ》は
天空を渡る　太陽神の御子であらせられる
皇子は神であらせられるが　いっそう神として力を増そうとなさり
宮殿の柱も堂々と君臨なさる　都をあとに
隠国《こもりく》の泊瀬《はつせ》の山の　大木が茂って小暗くも荒れた山道を
地に深く根を張る大岩も　行く手をさえぎる巨木も　皇子の霊力で圧倒しながら
魂を運ぶ鳥たちの騒ぐ山路を　朝のうちにお越えになる
霊を篭める玉が仄かに光る夕べがおとずれると　雪降りしきる阿騎《あき》の荒野に
旗と見まがう薄を　剣に似通う篠竹を　霊の力で圧し倒し

草を枕に　旅の仮寝の宿りをなさる
ひたすらに　いにしえを思うお心ゆえに

長歌は合唱隊《コロス》の詠唱、短歌はコロスの長《をさ》の重厚な謡であろう。秘儀の舞台は整った。短歌四首は、漢詩の絶句の「起承転結」にも似た整正な形を取りながら、夜の、すなわち精霊の支配する世界での時間の経過を追う。日没とともに祭儀の準備は始まり、夜半から払暁にかけてカミ祭りが行われる。

霊魂との共食・添寝をともなう首長霊の継承は、ほとんど王墓の建造とともに始まる、列島の国々で権威の継承を証しする最も重要な秘儀であった。白魔術の伝統は人麻呂の天皇教においても、装いを新たにして受け継がれる――いや、いまなおこの白魔術は生きていて、天皇の権威の源泉は大嘗祭における死者から後継者への霊魂のリレーにある（国民の総意によるなどというのは舶来のフィクションであって、宣長ならずとも僻事《ひがごと》のきわみと言うほかない）。

時の経過とともに感情は昂ぶり、呪歌詩人はその霊能力のすべてを傾けて、秘儀を支える――少年・軽王への、父・太陽神の霊の魂振りを。

安騎野に仮寝する現世《うつしよ》の旅人は　ひとり残らず
横になっても　どうして眠ることなどできましょう
軽王と同じに　ひたすら　いにしえに思いを凝らしているのですから

（歌劇では、招魂に応えて、日並の霊魂が姿を顕わす）

草を刈るばかりの荒野ではありますが
黄葉のようにこの世を去られたお方の　ゆかりの地ゆえ
このように訪ねてまいりました

（霊魂との対話。続いてカミ祀りが始まる）

東の野には曙の光が射しそめ
振り返れば　はや西空に　月は傾いています

（時の経つのは怖ろしく早い。幽祭は終わろうとしている。霊魂の時は過ぎ、人間の時が始まろうとしている。われらは息をつめて、新しい時代の夜明けを待っている）

日並の皇子の尊が　馬を連ねて朝霧の中を狩にお出かけになった
あの夜明けの時が　いままさに　再現しようとしている

（皇子の霊魂とお別れするときが来たのか？　いや、違う！　まさにそのときにこそ、われらは狩に向かう若い太陽神を、この現世で再び見出すだろう。なぜなら、父君・日並の御魂は御子・軽王と合体し、いまこそ地上に再臨なされるのだから）

言霊が天地に充満するなかでタマフリは果たされ、秘儀は成就して、新しい時代の予感のうちに歌劇はめでたく幕を下ろす……めでたく？　魔術師の意識ではまさしく、めでたくであったろうが、歴史の文脈のなかでは、ことはさほど簡単には運ばない。この神秘劇の初演はおそらく六九二年の冬、軽王はようやく十歳になったばかりであった。

現代の注釈者・伊藤博も歴史に対して楽天的なのか、たかをくくっているのか、「亡き皇子への追慕」が達成されたことは「表現における新王者決定の儀式であった」とする。ここに「幻視が事実を呼びこんでしまう、古代詩の壮絶な輝きがある」とまで讃える――それではなぜ、このあと六九七年二月まで、軽皇子の立太子は見送られたのか？

千三百年の時空を遡れば、想像力のスクリーンに六九二年末の浄御原宮に蠢《うごめ》くものが、朧《おぼろ》げながらも映るだろうか？　政権の中枢は、神聖女王となった持統のカリスマ性と、太政大臣・高市皇子尊の行政統括能力だろう。これは容易に、近江政権における天智の古代化主導力と、皇太弟・天武の守旧派への抑えという構造を連想させる。

天武は政権の禅譲を信じて、忠実な協力者となったらしい。同じように高市も、政権の禅譲を信じていたのではないか。このとき高市は三十九歳、まさに壮年、十歳の軽王など（かつての大友皇子と同じく）問題にならない。壬申の乱から数えてちょうど二十年、困難な政権の経営に当たってきた四十八歳の持統と、ことさら争う必要などまったくない。ただ待つだけでいいのだから。

天武の唱えた皇親制イデオロギーが健在なら、それも当然の帰結であろう。持統もことの含む意味は知り尽くしていた。この年の春、人麻呂に支えられて旧派神道の挑戦を退け、余勢をかって現人神となりおおせた持統にとって、亡き夫の政治イデオロギーを修正するチャンスはいましかないと見えたのだろう。

孫（つまりは神話の天孫）への愛に引き摺られて、この年末、持統は初めて勇み足を踏んでしまったのかもしれない。魔術師・人麻呂を使って、自分が即位したときと同じ手を打つ。観測気球をあげて、豪族たちの反応が良ければ、いっきょに軽王の立太子まで事を運んでしまおう、と。

ところが、鍵を握る人麻呂もまた、天武の皇親制イデオロギーの熱烈な信奉者であった。彼の意識では「新王者決定」を唱えたつもりなどさらさらなかったはずである。イニシエーションの手順を踏んで、十歳の軽王の成人式を後見したに過ぎず、それによって軽王は皇位継承権有資格者のひとりとなったに過ぎない。*

＊　人麻呂は天武の直系の孫である軽王のみならず、天武の息子であれば見境なく？　皇統を意味するはずの形容句「やすみしし　わご大君　高照らす　日の御子」を使って、皇子を荘厳《しょうごん》する。長皇子（母は大江皇女）には「やすみしし　わご大君　高光る　わが日の皇子の」（二三九）と謳い上げげ、軽王とさして年の違わぬ最年少の皇子・新田部（母は藤原五百重娘）にまで「やすみし

し　わご大君　高輝らす　日の御子」（二六一）と奉る。しかも（反歌と短歌の使い分けが創作年代に関わるとするなら）軽王よりも先に使っているから、年齢順には違いないが、三番煎じの頌詞ということになる。

くわえて、天皇専用の頌詞たるべき「おほきみは　神にしませば」まで、忍壁皇子（二三五）と長皇子（二四一）に捧げている――女王付魔術師が持統の意のあるところに気付かなかったとは考えにくいとするなら、人麻呂は誤解したふりをして、自分の信念を貫いたことになる。

持統の意図は廷臣たちにも読めないはずはない。高市自身が動いたとは思えないが、高市派の豪族たちに何らかの動きが出ても不思議はない。持統は中央突破を断念すると、自分の勇み足の責任を人麻呂にかぶせ、十全の働きを見せようとしなかった内臣を宮廷から追う形で、失点を覆い隠す――おそらくは、出雲の神々の鎮魂のために（女帝に代わって旧都近江鎮魂の大役をみごとに果たした魔術師を）派遣するという口実で。

翌年の三月、五月、七月、八月、十一月と、五回に及ぶ吉野宮滝詣では、持統の動揺を示しているのではないか。はしなくも顕わになったおのれのカミの力の弱まりを回復し、カリスマによる統治をさらに続行する意志を、豪族や廷臣たちに鮮明に印象づけるためのものではなかったろうか。

第二次の編者がどこまで意識していたのか、ここでもやはり曖昧なままだが、この歌群には二つの証言が隠されている。

ひとつは旧神道に対しては共同して新神道を「言挙げ」したグループ内部にも、皇位継承のルールをめぐる路線対立が潜んでいたこと――一方には、人麻呂が信じる天武由来の皇親制イデオロギーがある。他方には、自らは天武を継いでカリスマによる支配を続けながら、同時に天武の路線を修正しようとする持統の変心がある。

天智の後継者・大友から王位を簒奪した天武にとっては、血の原理のみの皇位継承など認めるわけにいかない。そこでカミによる支配、カリスマによる政治が、統治権を正当化する神学として聖化されたのだろう。血の原理は天武の血統であればよく、その有資格者たちの中からカリスマを備えていると認められた者が天皇となる。

カリスマによる支配とは、独裁権を手に入れる代わりに、くにのすべてに責任を持つことを意味する。失政や敗戦はもちろん、天変地異さえも天皇の責任になる――持統もこの神学によって帝位につくために、あの異様に長い殯に耐えて、天武の霊のタマフリが成就したことを豪族たちに納得させたのだった。さらにはカリスマを維持・増大するために、あの異例としか言いようのない、三十一回にも及ぶ吉野行幸を繰り返したはずであった。

その持統は、わが子・草壁にカリスマが備わっていないことを見抜いていたのではないか。だからこそ、すでに大津皇子を粛清し、天武の埋葬を終えても、その時すでに二十七歳になっていた息子を帝位につける冒険はおかせなかった。いままた十歳に過ぎない孫の軽王に、カリスマが備わっているとは確信が持てない。となれば、皇位継承の不文律を変えなければならぬ。

高市の「あまりにも都合が良すぎる急死」によって、持統の悲願はかろうじて成った。だが、ひそかに神学のすり替えが行われたことを公けに認めるには、さらに三十年近い年月が必要だった。しかも理由づけたるやまことに疑わしく、歴史の黙認が当てにできなければ、とうてい口にできるものではなかった。

伯母の元正の譲位を受けて帝位に就くに当たって、聖武は自分の正統性の根拠を（持統に仕込まれた、母系も持統と同じ嫁であった）皇祖母である元明が、元正に与えたという（証拠はまったくない）詔に求める——天智が定めた「万世不改の常典」に従って、と。直系の男子による皇位継承法である。

天智が定めた証拠などどこにもない。そして曾祖父・天武が無効を証明した法が活きているはずもない。曾祖母・持統があらためて定めたとしなければ、聖武の正統性は成立しないのだが、神学のすり替えの当事者にはついに触れられることはなかった——残ったのは、カリスマの有無など問わない、制度としての皇位継承である。

第三章　六九五年一月十六日、新都藤原京踏歌《たふか》の節会《せちゑ》

――言霊の歌から儀礼の歌へ

第二次編集歌巻の「万葉集巻一」は、新都・藤原京の祝歌《ほぎうた》をもって閉じる。編者の意図は、ここまできても曖昧なままだ。「原万葉」の最後に加えたのは「藤原宮之役民作歌」および「藤原京御井歌」歌群の二つ――志貴皇子の五一番歌がこの場に挿入されるのは、第五次の「光仁万葉」編集に際してだから。

編者が沈黙を守るので、後世の読者は作者が人麻呂か否かで、いきなり意見が分かれてしまう。ともあれ、問題の歌を見ておこう――標題は第二次編集の編者が、のちに自らの手で曖昧化をはかった時に加えられたもので、初めは「原万葉」にならって歌だけが並んでいた可能性のほうが高いのだが、いまは先を急ごう。

藤原宮の役民《えのたみ》の作れる歌

五〇　やすみしし　わご大王　高照らす　日の皇子

荒栲《あらたへ》の　藤原がうへに　食《を》す国を　見し給はむと　都宮《みあらか》は　高知らさむと
神ながら　思ほすなへに　天地も　寄りてあれこそ
石走《いはばし》る　淡海《あふみ》の国の　衣手の　田上山《たなかみやま》の　真木さく　檜《ひ》の嬬手《つまで》を
もののふの　八《や》十《そ》氏河《うぢかわ》に　玉藻なす　浮かべ流せれ
其を取ると　さわく御民も　家忘れ　身もたな知らず　鴨じもの　水に浮きゐて
わが作る　日の御門に　知らぬ国　寄《よ》し巨勢道《こせじ》より
わが国は　常世《とこよ》にならむ　図負《ふみ》へる　神《くす》しき亀も　新代《あらたよ》と　泉の河に
持ち越せる　真木の嬬手を　百《もも》足らず　筏に作り　のぼすらむ
勤《いそ》はく見れば　神ながらならし

五二

藤原宮の御井の歌

やすみしし　わご大王　高照らす　日の御子
荒栲の　藤井が原に　大御門　始め給ひて
埴安の　堤の上に　あり立たし　見し給へば
大和の　青香具山は　日の経《たて》の　大御門に　春山と　繁《しみ》さび立てり
畝火の　この瑞山《みづやま》は　日の緯《よこ》の　大御門に　瑞山と　山さびいます
耳成《みみなし》の　青菅山は　背面《そとも》の　大御門に　宜しなへ　神さび立てり
名くはし　吉野の山は　影面《かげとも》の　大御門ゆ　雲居にそ　遠くありける

高知るや　天《あめ》の御蔭　天知るや　日の御蔭の
水こそば　常《とこしへ》にあらめ　御井の　清水

短歌

五三　藤原の　大宮仕え　生《あ》れつぐや　処女《をとめ》がともは　羨《とも》しきろかも

『注釈』の沢瀉久孝は「役民作歌」を〈宣長をはじめ折口信夫・武田祐吉・大久保正らを援用しつつ〉人麻呂の作としながら、「御井歌」のほうは〈中島光風の「前時代から受けつがれた古い様式〈注・国ぼめ歌を指す〉の完成」という見方を引用し〉構成が人麻呂的でないからと否定する。

『釈注』の伊藤博は「役民作歌」を人麻呂の歌の摸作であるとし、「御井歌」も人麻呂作をきっぱりと否定する。「ここには、ほとばしる人麻呂の呼吸はない。もっと古樸でさびがある」と、〈土橋寛の中臣氏作歌説を紹介しつつ〉中臣・忌部らの誰かが「職務の一環として」歌ったものとする。ところが歴史の文脈を併せて読むと、判断は大きく変わるらしい。北山茂夫〈『柿本人麻呂』一九九四〉によれば、「役民作歌」は人麻呂の「儀礼歌の最高のものの一つ」であり、「御井歌」も平板さが気にかかるが、短歌を見ればやっぱり「女好みの人麻呂らしいところ」があって「作者を人麻呂と断定するにいたった」と言う。

『全訳注』の中西進はさらりと切り捨てる――「役民作歌」の実作者は「宮廷詞人か」とし、「御井歌」の未詳の作者も「宮廷詞人であろう」と。

わたしたちも、さらりと読み進めよう。

あまねくこのくにをお治めになる　われらが大王
　高みよりこの国を照らしたまう　日の御子は
（ここまでは人麻呂の常用句だが、すでに儀礼的な呼び掛けとして定着し始めていたとすれば、盗用とは言えない。摸作の手口とは言えるかもしれないけれども）
　荒栲の藤原の上に　この地上の国を治めるために　堂々たる宮居を造ろう
　神として　そのように思し召される　そう思し召されるままに
　天神地祇も　寄り集いお仕えしているからこそ
（どうも、おべっかくさいなあ。藤原の上に乗っかって、統治しようだなんて。それに、アイディアも吉野讃歌の成果「山川も依りて仕ふる神」の横取りくさいし）
　石走る近江の国の　衣手の田上山の　真木から切り出した檜の材を
　もののふの　八十宇治川に　玉藻のように　浮かべて流せば
（人麻呂ごのみの枕詞の多用はいいとして、材木に「玉藻なす」はまずいな）
　それを引き取ろうと　われさきにと争って騒ぎながら働く　御民とて
　家人のこともわすれ　自らの身もかえりみず　鴨のように　水に浮かんで
（嘘つけ！　まったく、御用詞人ってやつは、いつの世も……いや、待てよ。これは「言霊を装ったデマゴギー」千三百年の伝統の、記念すべき最初の例かも知れないぞ）
もういいだろう。人麻呂が中国伝来の神亀の力を借りて、言霊の補強を図るだろうか。「役民作歌」は、もちろん無給で土木工事に駆り出された「公民」に作れるはずもなく、また作るはずもなかった。これは御民の声を主上に曲げて伝える、所轄の役人根性の発露そのものではないか――平城京の造営について、正史である『続日本紀』でさえ、元明天皇の詔を二度にわたって記録している。ことは藤原京においても変わりはしない。

和銅四年九月四日「諸国からの役民が造都の労役に疲れ、逃亡する者が今もって多い。禁止してもいっこうに止まぬ」

和銅五年正月十六日「諸国からの役民がいよいよ郷里に還る日になったというのに、食料が欠乏したり尽きたりして、多くは帰路で飢え、溝や谷に転落して埋もれ死んでいることが少なくない。国司らはよく気をつけて……とりあえず埋葬し、その姓名を記録して、本人の戸籍のある国に知らせるように」

この歌の作者を人麻呂とすることは、詩人の無節操を言挙げすることにほかなるまい。だが言霊を信じる人麻呂には、棄教しないかぎり、虚偽を歌うことは無理ではなかったか。なにしろ香具山に行き倒れの、おそらくは役民を見て、「悲慟《かなし》びて」歌を作り、魂鎮めをしないではいられなかった詩人なのだから（巻三、四二六番歌）。

草枕　旅の宿りに　誰が夫《つま》か
国忘れたる　家待たなくに

草を枕の旅の宿り　その果てに　いったい誰の夫なのだろう
空しく倒れ伏したままとは　故郷も忘れてしまったのか
（残してきた妻は　さぞ帰りを待ちかねていようものを）

ただし、パスティーシュの腕がかなりのものであることは認めねばなるまい。誰が、何のために、操作を試みさせたのか？　役民の逃亡や帰路での死。新都造営に対して渦巻く不満の声を、慎重な女帝の耳に入れてはならぬ。さらには人麻呂の不在を悔いさせてはならぬ。同時にこの歌の公表は、廷臣たちへの無言の恫喝《どうかつ》という効用も持ちうるだろう――わたしたちの記憶を、天智の宴での中臣大嶋の「山斎」（「第六の語り」参照）がよぎる。発想の借用の巧みさは、この長歌とどこか似てはいないだろうか？

「御井歌」については、苦心のあげくに歌を硬直させてしまった四連句を見ておこう。

大和の　青々と緑豊かな香具山は　宮殿の東の御門に
　春山として　生命に満ちあふれ　繁る姿を見せる
畝傍の　この瑞々しい山は　宮殿の西の御門に
　瑞山として　瑞祥に満ちた山そのものとして　鎮まっている
耳成の　清らかに青菅茂る山は　宮殿の北の御門に

姿かたちも美しく　神々しくも立っている
その名もめでたい吉野の山は　宮殿の南の御門より
遥かに遠く　雲のかなたに連なって　祝福を送っている

東・青竜・春――西・白虎・秋――北・玄武・冬――南・朱雀・夏。四方・守護の霊獣・季節の推移。ここで借用されたのは、持統の秩序確立の歌「春過ぎて」の発想だった。起句も常套句なのに、作者は結句まで祈年祭の祝詞の借用で荘厳する――「高知るや天の御蔭、天知るや日の御蔭」（土橋寛によれば、この二句は中臣祝詞の慣用句であって、しかも「御井」の神祭りは中臣氏の職掌であった。したがって、この歌の作者が中臣氏であることは明白だとする。『持統天皇と藤原不比等』一九九四）と。

詩人自身の思いはどこにあるのか。重々しい言い回しで空疎な内容をもっともらしく聞かせるところは、まさに祝詞そのものではないか。作者を中臣氏の一員と考えることに異議はないが、詩人の技量においては、「役民作歌」の作者を思わせる、のちの神祇伯・中臣大嶋にも及びもつかぬ。

かかる代物を「古樸」と称するのは、文学的骨董趣味とでも言うべきか。しかし、言霊を聞き取る耳を持っていた持統には、いったい、どんなふうに聞こえたのだろう？　あるいは、もはや言霊の時代ではないと、甘んじて儀礼を荘厳する立場に身を置いていただけだったのか。

新たな都　藤原の　新たな大宮よ

その大宮に仕えるべく　いやつぎつぎに生まれてくる乙女たちよ
神聖な少年王に仕えるあなたたちは　何と羨ましいことか

硬直した精神を思わせる長歌のあとに、この「短歌」(この書き方も人麻呂に似せたのだろうか?)に出会うと、たしかに解放感がある。そのせいでこの歌は瑞々しい叙情が籠もっているようにさえ聞こえてしまう――人麻呂らしい主体的なコミットメントを欠く、老人の(?)安全地帯からの、ただの感想に過ぎないのに。*

＊　伊藤博は「御井歌」の注釈で二点、重要な主張をしている。ひとつは人麻呂の運命に関わるもので、安騎野讃歌のあと高市皇子挽歌までの間「人麻呂は石見にいたのではなかったか」という指摘である――藤原京遷都の祝歌を人麻呂が奏上しなかったのは「不思議」だからという、もっともな理由で。

いまひとつは万葉編纂論に関わる。伊藤博はこの歌までを古撰部と考え、持統上皇時代(六九七～七〇二)の成立とし、巻一後半部を元明上皇時代(七一五～七一二)に完成したとする――ハレの歌巻に、ふいにケの歌群が混入するという不協和音に(あるいは人麻呂留京歌など五首が指し示している合図に)なぜ気付かなかったのだろう?

いっぽうでは、土橋寛の指摘――藤原宮という宮号は、宮地の地名(藤原、ないし藤井が原)によるのではなく、藤原不比等の本貫地「飛鳥」の別名(藤原、ないし藤井が原)から採ったもので、持統が不比等との協力関係を天下に宣言するものだった——にまで、目配りを怠ってはいないというのに。

すべては第二次の編者の曖昧な編集態度から生まれている。そもそも、この二編の祝歌をもって巻一を閉じた理由は何か？

1　祝歌によって歌巻のかたちを整える、ただそれだけのことだったのか？

2　藤原京遷都によって、ひとつの時代が終わったことを、言い換えるなら、新しい時代が始まったことを告げるためだったのか？

3　縁起の歌群を受けて、天皇神道の宣教師・人麻呂の不在を、すなわち不比等の陰謀を、作者名を記さないことによって、暗に告発しようとしたのか？

4　魂振りの歌群を受ける祝福の聖歌劇が、藤原氏の策謀ゆえについに未完に終わったことを語りたかったのか？——もしこの歌群が「日本讃歌」に追加すべき「終幕」だったとするなら、それはこのような構成を持つはずだから。

終幕　新たなる神政政治の開幕
一話　軽王への魂振り
二話　新都・藤原京への祝歌
三話　文武帝即位の讃歌

5　巻二から放射される最も強い情念は、鎮魂と、その裏に貼り付いている告発の叫びであろう。

しかし、告発が曖昧化された理由が語られなかったのは何故か？

6　ここにも「密なる語り」が、第二次の編者が（はっきり意識していたかどうかはしばらく措いて）少なくとも漠然とは感じ取っていた「言葉にならぬ語り」があったとすれば、それはどのような語りだったろう？

このとき行われたのは、国家イデオロギーにかかわる重大な修正であった。天武王朝の生みの母・持統が認めた変更であれば、うかつにあげつらうことはできぬ。だが、神聖女王を誤らせた者を、そのままにしておいては国が危うくなる。少なくとも編者たちには、第二次編集に取りかかるとき、その思いが煮えたぎっていたはずではなかったのか？

第四章　すりかえられた神学、あるいは天皇制の成立

［一言主命《ひとことぬしのみこと》神社の巫女にみたび憑依して、史《ふびと》は語った］

九年の春、正月《むつき》十六日の節会《せちゑ》のことを、お訊ねでございますか。もちろん、はっきり覚えておりますとも。あのころ、わたくしは病いの床につかれた続守言《しょくしゅげん》さまの眼となり耳となって、日録の草稿を綴っておりました。それゆえ、すべてを見、ありのままに誌すことは、わたくしの仕事でもあったのです。

このくに始まって以来、最初の京城を備えた都・藤原京にようやく朝廷が遷った年ゆえ、「百官《つかさつかさ》の人等《ども》に饗《あえ》たまふ」習わしは、常にもましてはなばなしく執り行われました。もっとも、あの宴はまだ「踏歌《たふか》の節会《せちゑ》」とは呼べますまい。唐風を踏まえた節会《せちゑ》が儀礼として定まるのは後のこと、あの日の歌舞は男女入り乱れて、歌垣の名残りの趣きさえございました。

けれども、わたくしにとってあの節会がとりわけ忘れ難いものになったのは、そのためではございません。続さま、最後の外出になったからでした。病いを養っておられた続さまは、あの日はこ

とのほか身体の調子が宜しいとかで、皆がお止めするのも聞かず、小者の背におぶさってまで同行なされたのです。

御存知のように続さまは、薩さまの同役の先輩ではありますが、薩さまやわたくしなどと違って亡命者ではありません。運命の大波に攫《さら》われてこのくにに運ばれてきたとでも申しましょうか。唐の一史官として従軍なされたとき百済軍に捕えられ、たしかイカシヒ・タラシヒメ女王（斉明）の御代に、さらにこのくにに献上されたおかたです。

薩さまのように妻をめとって家を持つこともなさらず、人を寄せ付けないかたくなさがあったのも、当然のことかもしれませぬ。しかし学殖は、底知れぬものがございました。修史の仕事は御気性に合っていたようで楽しげに筆を運んでおられましたが、薩さまに命じられてお手伝いをするようになり始終お目にかかるようになった同国人のわたくしに対しても、まったく打ち解けた様子はお見せにならなかった。

ともあれ、あの朝のことは、いまもまざまざと目に浮かべることができます。工事のために森を切り払ったために、新都の周りには貧しさをきわめた土色の小屋がだらだらと広がっていました。諸国からかき集められた役民たちの住居で、主を失って毀《こわ》れかかった家も少なくありません。おのれの村を離れ、おのれの田畑を離れて、人めいた暮らしが送れようはずもありますまい。土気色の海のなかに忽然と朱塗りの御門が、いわば唐土のかけらが浮かびあがる感じでした。

大路の両側はまだ家屋敷が建ちそろっていません。建築中のものはまだしも、塀さえない空き地も少なくない。宮殿はかつてない威容と申してよいかと存じますが、前庭に集う廷臣たちのほうには、心なしか不安げな面持ちが見えます。わたくしも華やいだ舞台を期待していたひとりですが、冒頭を飾った歌舞は、さて、示威とでも申しましょうか。たしかに四方の山々の鎮護という祝詞が詠み込んではあるのですが、章句が重苦しくて脅しつけるように聞こえてしまうのです。

続さまはいかにも病人らしく、ふ、ふ、と力なく笑って、わたくしの耳元に口を寄せ、とうとう呪力が消えたな、と囁かれた。御承知のように女王の治世は、どのくにでも不安定要素を含んでいるものですが、このくにはとりわけ、女王の類い稀れな呪力がすべてを動かす力の源になっていた。先帝の果たされなかった夢とも言うべき浄御原令と藤原京造営という二大事業がついに完成したいま、御年五十歳の女帝に疲れが見えたとしても何の不思議もございませぬ。しかし、中枢のことどもを知りえぬ中下級の廷臣たちは、変化の予感に敏感なものです。まして内戦の記憶は、まだ生々しい。

さて、次の手は……。続さまの言葉は、そのとき音曲が変わって舞台に華やいだ男女の群れが登場する騒音にかき消されて、聞き取れませんでした。続さまのお疲れはひどく、まもなく宥《なだ》め賺《すか》すようにしてお宅に帰ったのですが、やはり無理がたたったのか、もう二度と床を離れることはお出来にならなかった……。

すみませぬ、続守言さまの最後の日々を思い浮かべますと、ついわたくしは言葉を失ってしまって……ところが続さまのほうは、人が変わったように多弁になりました。日録の草稿をお持ちすると、それにはちらと目を走らせるだけで、何の前置きもなく語り始められるのです。ときには灯をともしてまでも。

話ではございませぬ。わたくしが質問を差し挟んでも、それにはかかわりなく御自分の思いを語り続けられるのです。あるいは唐の言葉を舌の上で味わいたいだけかもしれぬと感じたことさえございました。もちろん他聞を憚《はばか》る内容も多かったのですが、しかしすでに死を覚悟しておられた続さまには、もはや怖れるものなどなかったはずです。

長すぎる孤独の日々に溜まりに溜まっていた心の澱《おり》を吐き尽くしておしまいになりたいのではないか。その折りのわたくしは、そのように聞いていたように思います。ですが後になって、わたくしにこのくにで生きてゆく術《すべ》を教えてくださっていたのかもしれぬ、何度そんなふうに思い当たりましたことか。ともあれ続さまのことばを、わたくしもまた、あなたにお伝えしておきたいのです。

――無理をして見物に行ってよかったよ。あれは、革命の宣言だからな。血も流れず、何の説明もないから、人々は後になって革命だったと気付く。いや、明敏でなければ、完全に世の中が変わってしまっても、なぜこうなったのか気付きもせぬかもしれないな。いや、愉しい見世物だった。

――このくには、あの朝、曲がり角を曲がったことに気付かなかったのか？　まあいい。このくには魔術による統治から、魔術まがいによる統治に変わってしまったのさ。霊力による統治のためには、タマの援けがなくては叶わぬ。だがあの朝の歌舞からは言霊が消えて、脱殻《ぬけがら》しか、つたない儀礼しかなかった。

――むろん、儀礼も人を縛る。だが言霊《ことだま》のように人を魅惑して縛るのではないからな。女王は己の呪力の衰えを悟ったのか、呪力は己一代のものに過ぎぬと覚悟したのか、品は下がるが力ずくで人を縛ることにしたのよ。まあ、力に霊の神聖な被衣《かつぎ》をかぶせてはおるが、はてさてどこまで誤魔化しが効くものやら。

――女には女の論理がある。わが身に引き継いだ霊の論理に従って、女帝は息子を見限ったが、孫までは切れなかったということだろう。先帝の意向に従うなら、王位は皇子尊《みこのみこと》が継ぐことになる。ところが太政大臣の母はヤマトの出ではなく、父たる先帝も出自に問題なしとしない。これまでは女帝の霊力がしみを覆い隠す紗《しゃ》となっていたからこそ、ヤマトの豪族どもも従っていたわけだ。

――皇子尊の政治の聖性を保証する、聖性を体現している女帝。この同じ手口を、大王と太政官との関係にも使えぬものか。考えついたのは女帝か、あの女々しい秀才の不比等か、どちらであろうな？　皇帝なら普遍原理としての天に従わねばならぬ。ところが熱に浮かされやすい人麻呂が、天皇は天の意志を体現しておると謳《うた》い上げ、人々も熱に感染してしまった。つけ込むには、いまを措《お》いてない。ここから一歩踏み出せば、皇帝と天との関係を、太政官と天皇の関係に置き換えられるのではないかな？　太政官は、つまり行政の府は、天にではなく、天を体現した天皇に責任を持つだけでよくなる。

――まあ、このくにの王家は、何としてでも己の足許の土地を護るために、遥か古《いにし》えの父祖の地を回復する夢を捨てたわけだ。いわゆる大八洲《おおやしま》の内だけならば、必ずしも普遍を必要とはすまい。人が天を体現するなどという空想も、通用するかもしれぬではないか……このくには秦の国家統一とほとんど時を同じくして生まれた、亡命者たちの夢見るくにであったのだから、純正な魔術による統治のほうが似付かわしかったのだがな。

――危うさが付き纏うのはやむをえまい。この特殊な原理がうまく働くためには、太政官は人である天皇にではなく、天皇の体現する天に対して恥じない公正さを保たねばならぬのだが、さて……まして、この特殊原理を大八洲の外に及ぼそうとするのは狂気の沙汰になるのじゃが、はてさて……。

――歴史を書くのは、ある意味で国を造ることでもあってな。まして、ろくな資料もなく初めて国の歴史を書くいまは、なおさらじゃ。先例を創り、後代をそれに従わせようというのじゃからな。それゆえ、奇妙に聞こえるかもしれぬが、わしは自分の造ったこのくにを愛しておってな。わしが書いたのは、歴史ではのうて……夢語り、夢多き歴史物語にすぎぬのよ。

――とはいえこのくには、薩の言うとおり、歴史に礼の代わりをやらせるつもりじゃから、わしは人々の生き様を縛る礼典に等しいものを書いたことになる。いまさら唐の真似をして、ごくごく小振りな唐ふうの帝国なんぞになってほしくはないんだが。東海の果てのこのくにの向こうには、もはや夢見る彼方のくには存在しないのだから。おまえも忘れてはならぬぞ、この先に、もはやおまえの亡命できる土地などありえぬことを……人間《じんかん》の真実なぞ何するものぞ。大切なのは、人間《にんげん》の夢見る力じゃ。

続さまの最後のお言葉と、先師・薩さまが常々口にされていた言葉との不思議な符号は、何とも言い表わしかねる切なさで、いまもわたくしの胸の底にとぐろを巻いております。故国を遠く離れ、自ら選んだのではない異国での孤独な死を前にした続さまは、すべてを見通しておられました。

――そうそう、わしの造ったオオハツセ・ワカタケ以降の歴史じゃが、おそらくおまえが書き換えねばなるまい。王朝の交代はなかったとな。内乱を防ぐためには、過去もまた一系の王朝でなくてはなるまいからな。遠慮は要らぬ、真実ほど醜いものはない……わしの夢見たお伽噺まで空《くう》に消えるのは残念じゃが、東海の島々からも魔術の力が薄れゆくいまは、これも時の呪いじゃ、やむをえまい。

＊　＊　＊

国家イデオロギーをめぐる古代の宗教戦争は、人麻呂が幻視した魔術的な存在である王＝アラヒトガミによって終結し、不比等による聖性のすり替えによって安定し定着した。新都の祝宴は、統治原理がカリスマを備えたカミの統治から、カミの聖性を借り着した行政府の統治に変わったことの宣言の場でもあった。この宣言はさまざまな意味と危険とを内包したままだったが、それにしても、この玄妙かつ危険な統治原理への移行は、いったいどれほど意識して行われたものだったのだろう。

通説に従えば、古代国家の王は、呪王・巫王・祭祀王のいずれかに重心を置いた複合体の形をとる。呪王は自ら偉大な呪術者として、呪力と霊力を振るうことによって統治を行う。そこに神観念が介在すると、巫王が生まれる。自ら神懸かりして、神の言葉を宣べ、神の権威によって統治が行われる（ヒノミコ＝卑弥呼の統治はこれに近い）。統治するくにがほぼ定まると、祭祀王が成り立つ。くにを代表して自ら神祀りを行い、神に働きかけることによって統治を正当化する（天を祀る中国の皇帝はこれに近い）。

天武は、どうやら「呪王」としてふるまったようだ。国内の統一が至上の優先順位を占める政権では、旧来の信仰の組み替えは慎重に行われなければならなかった。天武は自らの政権の成立を正当化するためにも皇親制イデオロギーを採るしかなかったけれども、そのために皇位継承にさいして内乱が起きる可能性をも温存することになった。

持統は呪王の霊を継承する形をとって、変種の巫女王として出発しながら、脱皮の方策を探っていた。巫女王の属性を推し進めて「神との交流」を「神との一体化」へ、さらには「神を体現するひと＝アラヒトガミ」へと変容させていったのが、言霊の魔術師・人麻呂だった。だが、神性はそのヒト一代に限られる。

この時点での「国家イデオロギーをめぐる宗教戦争」の様相を鳥瞰しておこう。

1　まず「古神道派」とも呼ぶべきイデオロギーがある。大三輪高市麻呂を支えた古代豪族の信仰である。八百万の神々とは、すなわち諸部族の氏族神たちであって、大王の即位には豪族連合の承認が必要だった体制とみごとに符合している。

2　つぎに、同じ神道ではあっても、神学の異なる「新神道」の主張がある。征服部族を思わせる天つ神と、統治を受け容れるべき国つ神に神々を分け、さらに言霊の魔術によって、天つ神の首座である女神と合体した女帝を現前させる。だが人麻呂の新教は、ついに「言挙げ」に過ぎず、わずか一年の（六九二年のみの）輝きしか持たなかった。影響力はまさに、万葉＝万代に及びながらも。

政治体制に照合するなら、新教は「血のカリスマ」を暗示するものではあっても、皇親制イデオロギーを精算するものではなかった。皇位継承が、皇族主導は認めながらもなお豪族会議の承認を必要としていたことは、『懐風藻』に残る高市皇子尊の（タイミングのよすぎる）死ののち宮中で開かれた秘密会議のさまによっても明らかだろう。*

* 「器量はひとに優れ、風采もよく、才能もきわだって、しかも血のカリスマまでも持つ」という葛野王《かどの》は説く。「わがくにの法は神代から子孫相承」であって「もし兄弟にも継承権を認めたら内乱が起きるではないか」と。天武に殺された大友の長子が、まさしく天智の男子直系でありながら、天武の息子の弓削の主張を抑えて、神聖女王の意を迎えるのである。『懐風藻』の讃め言葉を裏切る何とも哀れな振舞いだが、この「一言が国を定めた」のだった。

3　魔術から儀礼へ。いわば「制度としての神道」が形となって示されたのが、六九五年の新都祝賀の宴であった。天皇の神性は地位に伴うものとなり、個人的な資質は問われない。カリスマを保証するのは、天皇霊の引き継ぎの儀式のみでいい。「血のカリスマ」なる美辞は個人の資質にかかわらない。したがって全く能力を欠く幼児でも、原理的に、天皇として政権の聖化を行ないうるだろう——かくして天皇制は成立し、十五歳の少年・文武が帝位につくことになる。

歴史は先例として「礼」に代わって行動の基準となる。現人神に革命はそぐわないのみか、系譜は神々の世界まで遡らねばならぬ。万世一系の虚構はここで何が何でも護らねばならぬ論理的必然となった。そのためには、上古の歴史の書き足しと、すでにある草稿の書き直しが欠かせない。ついでに天つ神の首座に天皇家の祖神を置き、八百万の神々に序列をつけることが、歴史編纂の主要な目的に加えられる。そのとき初めて、不比等の律令制による統治とみごとに照応する神学が完成し、神学を支える歴史が人倫にまがう意味を持つだろう。

神は定義上、責任は取らない。あるいは神には本来的に責任はないと言うべきか。したがってカミを体現したヒト＝天皇の免責も、この神学は保証する。いっぽう行政府は天意を体現する現人神、すなわち神そのものである天皇に対して責任を持つ——このシステムは、行政府の長が天皇を操っては天意の保証を失う。しかし歴史は、天意にかかわりなく展開していった。天皇は古代を通じて官僚制を聖化しつづけ、行政府は原理的に責任を問われることはないという不思議な免責のシステムを、中臣神道が「清く明らけきくに」の奇怪な神学によって覆い隠す。

罪が存在しなければ、責任を問われる事態は発生しない。そこで「大祓」の祝詞《のりと》は主張する——政治責任は行政府からカミへと立ち昇るけれども、しかしそのツミは、現人神の御前で行われる年二回のオホハラへの儀式によって消滅する。祓われたツミは川の流れに乗って海に流され、渦巻きに呑み込まれて根のくにに吹き込まれ、ついには放浪の女神が持ち去って跡形もなくなる。したがって「このくににはどこにも、ツミというツミは存在しない」と。*

* 笑ってはいけない。六九五年はまさにこのくにの分水嶺だった。一二七三年後の一九六八年、つまり敗戦時・戦争裁判時・講和条約発効時と三度の天皇退位論を乗り切って、さらに十六年後、昭

和天皇は側近に「退位しなかったのは歴代天皇への責任感からだ」という意味の言葉を洩らし、それが公けになったのはさらにまた三十一年後の一九九九年のことであった。戦場での死と生活の場での非戦闘員の死とを合わせて六百万を越える死者を出した国民に対する責任に触れるお言葉はなかったという。まして周辺諸国の千数百万に及ぶ巻き込まれの死者に対する責任など頭をかすめもしなかったのではないか。

笑ってはいけない。平成天皇も六十五歳の誕生日にあたって「こんなとき昭和天皇ならどうなされたか」と思うことがあると話されたとか。遠い過去の話ではない。この無責任神学のミニアテュア版をわたしたちは何度目撃したことだろう、たとえば官僚の答弁に、名門企業の倒産の辞に。

第五章　石見《いはみ》鴨山のほうへ

「原万葉」そのものをめぐる物語は、ひとまず終わった。

しかし、人麻呂の最後をめぐる一三〇〇年間の揣摩《しま》憶測を放り出して、このままアームチェアを立つわけにもいくまい。「原万葉」に人麻呂のいわゆる「留京三首」を継ぎ足すことで第二次万葉の編集を始めた人々が、「原型となった巻二」でも、相聞と挽歌をともに人麻呂をめぐる歌群で編集を終えたことには、何か理由がなくてはならぬ。

まさか年代順で片付けるわけにもいくまい（年代順で編集しながら、年代の判然としない人麻呂の死を以て区切りとすると考えるなんて、そもそも論理的に破綻しているではないか）。ところが、いったいどうしたわけなのだろう、この理由を問うた者はひとりもいない——そう言えば、留京三首にあらわな巻一編集の転調について、誰ひとり気に留めなかったのも謎としか言いようがない。

「原万葉」論から逸《そ》れるので人麻呂の全体像については改めて考えるしかないけれども、初めて天皇教を宣教した詩人思想家と考えれば、これほどの特別扱いも納得がいく。しかも聖性のすり替えが内密に行われ、そのことによって成立した天皇制が（そして聖性を分与された官僚制が）、社会集団の統一原理としてのみならず国家の統治原理として定着したとき、すり変え前の原理を唱えた思想家は、まさにそのことによって重大な思想犯にならざるをえない。だからこそ人麻呂は、罪人であり、同時にまた（勅選集である『古今和歌集』の序文が証言するとおり、最高位の大臣に相当する）正三位にもなりうるのではないか——それどころか、国家イデオロギーが問われる度に、のちのちまで人麻呂は冥界から呼び戻されるのである。

「巻二の原型」の掉尾を飾る、人麻呂のいわゆる「石見臨死歌群」ほど、不思議な解釈に纏わりつかれてきた歌群も少ないだろう。誠心誠意をこめた誤解は、まず『日本紀』や『続日本紀』への盲信から始まる。ついで妻・依羅娘子《よさみのをとめ》の歌の題詞「柿本朝臣人麻呂が死にし時」が、盲信を確信に変える。

ここに「死」とあるのは、六位以下の下級官吏だったからに違いない。それじゃ正史に記載されなくても当然だから、『続日本紀』和銅元年（七〇八）四月二十日のちょっと気になる記事「従四位下柿本佐留卒す」なんか無視していいわけだ。そもそも名前が違うし……まあ、和気清麻呂が穢麻呂《きたなまろ》になったりした例はあるんだけど。

果たしてそんな解釈で説明がつくのだろうか？　六位以下の下級官吏はすごく貧しかったはずなのに、皇子たちと付き合いがあったり、行幸のお供をしたり、ほうぼう旅行したり……赴任先らしいとされる石見でもちゃんと妻を持つし、都にのぼって天皇に次ぐお偉方の殯宮《もがりのみや》で挽歌を謡ったかと思えば、またぞろ石見に戻って行き倒れみたいにして死ぬなんて……いったい役職は何だったんだろう？

そこで律令制が確立する前の、わりあい自由があった舎人《とねり》だろうとか、それにしても石見行きはフィクションじゃないかとか――いや歌俳優だったんで、あの「石見相聞」歌群にしても、歌劇として上演して好評だったものだから、妻との生き別れの続編を書いた。さらなる要望もだしがたく、続続編ではついに死に別れを演じて見せたんだな。そういうわけだから、石見での行き倒れの死にしたって「臨死自傷」どころか、フィクションにきまってるじゃないかとか。

「古制の舎人」説も「歌俳優」説も、ともに現代の代表的な万葉学者の説なのだが、憶測に過ぎないばかりか、その根拠とされる状況証拠もまるで説得力を持たない。自由な身分の舎人にしては金回りが良すぎるし、お客さまに妻との切ない死に別れを演じて見せるピエロふうの歌俳優と巻一のあの堂々たる呪歌詩人とは、どうしても同一人物とは思えないし……どこかに大きな（ことによると慢性的な言論統制に慣らされてしまった不幸な伝統に発する）見落としがあるにちがいない。

［高鴨神社の巫女にみたび憑依して、女官は語った］

いいえ、わたくしなどが人麻呂さまの消息を、存じていようはずもございません。そもそも主上の宮内《みやうち》では、人麻呂さまの名前は、誰が言い出したともなく禁句になっておりました。たしか八年（六九四）の春、人麻呂さまの姿が宮廷から、いえ都から、突然消えたころからでございます。

前年の冬に行われた「安騎野の魂振りの歌語り」が正月に内廷で上演され、それが人麻呂さまの舞台を拝見した最後となりました。思わず衿を正すほど荘厳さが備わった歌語りでしたが、軽皇子役の少年の仕草がいちいち可愛らしく、主上も時おり笑みを洩らされていたと承っておりましたのに。

ためにする者がいたに相違ありませぬ、あの舞台に政治向きの企みが隠されていたなどと。すべては噂に過ぎませぬ。けれどもまた、噂ほど人々の心を揺り動かすものもございませぬ。おのがじし噂に好みの陰影を付け加え、いつのまにか実態の何倍もの大きな禍々《まがまが》しい影となって、独り歩きを始めてしまうのですから。

三日後には、早くも宮内は緊張に包まれておりました。主上は軽皇子の立太子を考えておられるのではないか？　これは、まことに怖ろしい含みを持つ噂でございます。すなわち主上は、高市皇子尊を政治の中枢から除くことを願っておられる。そんな噂が囁かれれば、誰しも近江の朝廷の最後の日々を思い浮かべてしまいます。

あのときは先帝（天武）がみずから皇太弟の位を退いて出家なされ、いっときは収まるかに見えたものの、けっきょくは、くにを二つに分ける戦さとなって……いまの御代に当てはめれば、皇子尊が皇太弟の、軽皇子が大友太子の役回りになりましょう。何とかお祖母さまの期待に副おうと精いっぱい凛々しく振舞っておられる軽皇子のお姿に、あの瞳がきらきらと輝いていたお若い大友太子の姿が、いえ太子が首となって桶に納められ先帝の本陣に届けられたときのさまがいやおうなしに重なり……いったん、そのさまが心に浮かぶと、もう夢魔のように付き纏って離れませぬ。

あの折り、きっかけは近江の帝（天智）の崩御でございました。いま御門《みかど》（持統）は御健在ですが、何と申しても女身であらせられます。さらにまた高市皇子が草壁皇子の後を受けて皇子尊となられたのであれば、次の皇位は当然自分にと思っていらしたとしても、近江朝の皇太弟であられた先帝と同じに、何の不思議もございますまい。男盛りの皇子尊に対して、いくら利発とは申せ、軽皇子はまだ十歳の御子なのです。

御門は素早く動かれました。ほとんど供回りも連れず建設途上の藤原京に急行され、皇子尊にぢかにお会いになった。舎人はもちろん衛士たちも、役民たちさえ、皇子尊の手の者と申してよい大人数の只中にです。いっぽう主上のお側には、輿《こし》を担ぐ仕丁のほかは、女官がわずかに八人のみ。几帳《きちょう》を立て回したなかでお二人が語り合われるあいだ、わたくしどもは幾重にも衛士に取り囲まれ……なかば死を覚悟して、誰もが顔を引きつらせていたのでございます。

半刻ばかりのことではあったと思いますが、わたくしどもにはどんなに長く感じられましたことか。皇子尊は主上と何やら語らいながら、すでに出来上がっていた宮の南の中門にあたる大伴門の外までお見送りなされます。浄御原宮に帰り着くと、まだ日も高うございましたが、供の女官は退出を許されました。主上はいつもと変わりない御様子とお見受けしましたが、さて……御心のうちまでは誰にも計れはいたしませぬ。

人麻呂さまの姿が都から消えたのは、同じ日の夜のことだと囁く者もいます。すべては噂でございます。軽皇子の立太子を計らって皇子尊に睨まれたためだとか、また逆に、あれは成人式であって軽皇子は皇太子の候補の一人となられたに過ぎぬと洩らして御門に忌避されたためとも……ともあれ、表向きは国家鎮護のため、国々の大神の魂鎮めの旅に出られた、と。それさえ、十日あまりもたって耳に入って来たことでした。

つぎに人麻呂さまのことが皆の口の端にのぼったのは、十年（六九六）の夏、高市皇子尊の思いもよらぬ急死に始まる動揺が、なお治まりきらぬときでございました。主上は帝王にも準じる葬《はふ》りをとお命じになり、草壁皇子尊の例にならうようにとのお言葉ゆえに、人麻呂さまも国々の神の魂鎮めの旅から急ぎ呼び返されることとなったとか。

いいえ、それこそ、ためにする噂というものでしょう。あれは日蝕《ひあ》えに始まった、残暑の厳しい秋七月のことでございました。高市皇子尊の急死の知らせを聞かれたとき、主上はいつになく取り乱され、信じられぬと呟かれると、そのまままったく言葉を失ってしまわれたほどなのですから。先帝亡きあと共にこのくにを支えてきた皇子尊のことゆえ、十年《ととせ》のさまざまな出来事をめぐる思いが、尽きることなく御胸を揺さぶっていたとしても、何の不思議もございますまい。

やがて人麻呂さまが、皇子尊の七七（四十九日）の祀りで、かつてない雄渾長大な挽歌を捧げられたことも聞こえてまいりました。わたくしなどは必ずや人麻呂さまは宮内をお訪ねになるものと、いくらか心弾む思いでお待ちしていたのですが……お親しかった忍壁皇子の宴で披露されたという、石見妻との別れを惜しむ歌語りのさまを伝え聞いたりいたしますと、なおさらでございましたが、なぜか……。

いいえ、不審を抱いたのはわたくしのみか、女官のすべてがと申しても……誰もがわが眼わが耳で、ぢかに見聞きしたかったのでございます。二十句にも及ぶ石見の海辺の巧みな叙景もさることながら、後半の詞句が呼び起こす情景は、さすが人麻呂さまならでのもの。いかにも世慣れぬ妻をいとおしむ思いがあふれ、そのなかにもどこやら、ひさかたに大和の土を踏む心の張りがひそんでいて……。

浪の共《むた》　か寄りかく寄る　玉藻なす　寄り寝し妹を　露霜の　置きてし来れば
この道の　八十隈《やそくま》毎に　万《よろづ》たび　かへりみすれど
いや遠に　里は放《さか》りぬ　いや高に　山も越え来ぬ
夏草の　思ひ萎《しな》えて　偲ふらむ　妹が門見む　靡《なび》けこの山

波のまにまに揺れる藻にも似る、頼りなげな、それでいて腕のなかではしかと弾む女体。神の住まう山をも怖れず、妻をひとめ見ようがためには、靡けと宣《の》る激しさ……まあ、無用のおしゃべりを。けれども人麻呂さまはついにお姿をお見せにならず、秋も果てるころには、ふたたび都をお離れになったとか。

いかにも不審な成り行きでございました。不審はさらに、さまざまな噂を喚び起こします。人麻呂さまは罪せられたと言う者さえございました。かつて采女《うねめ》と通じたことが、ここにきて露《あら》われたゆえと、まことしやかに語る者まで出るしまつです。たしかに、ありえぬこととは言い切れぬところが、噂というものの手に負えぬところでございましょう。いえいえ、もっとひどい噂さえ……まさかとは思いますが、好色の罪ゆえ、名も「猿」と変えられて都を追放されたらしいとまで。

翌年の八月朔日《ついたち》のこと、驚いたことに衰えなど露ほどもみえぬ主上が、立太子の儀を終えたばかりの十五歳の軽皇子に、天《あま》つ日嗣《ひつぎ》をお譲りになりました。何ごともなければ、成人式の後見を務められた人麻呂さまが、晴れがましく祝歌《ほぎうた》を奉られたはずでもありましたろうに……もはや、噂さえ聞くことも稀になってしまいました。

大宝二年（七〇二）の冬に、ようやくにして完成の日を迎えた不比等さまの大宝律令が津々浦々まで伝えられました。先帝のついに果たされなかった事業も、残るは歴史の編纂のみでしたが……そこまでお見届けになった主上が、ふいとおかくれになりました。床につかれてわずか十日でございました。

宮仕えを退いたのちの姥《うば》に何ほどのことが聞こえて参りましょう。ただ翌年の六月には、長い間消息を聞くこともなかったあの大三輪高市麻呂さまが、任地の長門からお戻りになってすぐさま左京大夫の重職にお就きになり……その後を追うように、人麻呂さまが行方知れずになったという噂が流れてきたのは、どういうわけでございましょう。

人麻呂さまと石見の女人との、あの悲しい別れの歌が伝わって来たのは、ずいぶん後のことでしたが……それに、文武四年（七〇〇）におかくれになった明日香皇女に捧げられたはずの挽歌まで、同時に伝わって来たのは何ゆえでしょう。噂では、忍壁皇子が知太政官事にお即きになったと伝え聞いた人麻呂さまが、お袖にすがるように帰京のとりなしをお願いした文に添えられていたらしいと申すのですが、さて。

すべては噂でございます。先ほども申したとおり、不審は噂を呼ぶものです。ひとときは、いまの右大臣・不比等さまと並んで主上の左右の腕とまで囁かれたお方が、行方も知れぬとは……亡くなっていたことがはっきりしたらしい、その知らせが都に届いたという噂が、年号が和銅に変わった年（七〇八）に聞こえて参りました。

人のさだめの儚《はかな》さ哀れさに胸をつかれたことは覚えておりますが、ことの真偽については、わたくしには何とも申し上げられませぬ。噂ばかりで、たしかなことは何も……まだしも若いころ、歌に夢中になっていたとき父に諭《さと》された言葉のほうが、信じられるような気がいたします。言霊に嘉《よみ》された方は、じつはあらかじめ、己《おのれ》を祓《はらえ》つ具《もの》として神に捧げなされたのだとか。その支払いのときも支払いのすべも、まことに玄妙で計り難い、おまえにその覚悟があるのかな、と……。

＊　＊　＊

やはり、どこかに大きな見落としがあり、そのために思考の方向感覚に狂いが生じて、論理の展開とともに誤解が拡大していったのではないか？　たとえば「石見相聞歌」二首はどうだろう？　題詞はなるほど二首をひと纏めに括ってはいるけれど、果たして同じときのものだったのか？　二つの長歌の声調は、果たして同じに聞こえるだろうか？

第一の長歌（歌番号一三一）では、人麻呂は「妻をあとに残してきたので」（露霜の・置きてし来れば）妻が「しょんぼりと淋しがっていると思うと」（夏草の・思ひ萎《しな》えて・偲ふらむ）気になってしかたがないと歌い、妻が和した歌はない。

第二の長歌（一三五）では、「前よりいっそう妻をいとしく思うのに、いくらも共に過ごさないうちに、心を残しながら別れてきたので」（深海松《ふかみる》の・深めて思へど・さ寝し夜は・幾時《いくだ》もあらず・延《は》ふ蔦《つた》の・別れし来れば）と歌う人麻呂は、吾にもあらず涙に暮れる。妻もまた歌（一四〇）を返し、せめて再会の日さえたしかならと嘆く。

第一の長歌は二〇句もの前奏部を持ち、技巧を尽くす。言い換えれば、それだけゆとりがある。第二の長歌の前奏部は切迫して八句しかなく、別れたあとの痛みに二三句を費やす。第一の反歌二首には立ち止まって感懐に浸る趣きがあるが、第二の反歌二首には早すぎる時の経過への嘆きが籠もっている。声調はたしかに違う。それは歌われた時が違い、状況も大きく異なっていたせいではないだろうか？

しかし沢瀉久孝は、第一の長歌と第二の長歌は「同時の作」で、人麻呂は意識して「異なった技巧を試みた」と読む――第一は対句の多用で「いかにも均整のとれた格調」を示し、第二は「対句の序」ののち枕詞と序詞により「修辞の妙」を示す。ともに三九句から成るのも「聯作としての形を整えようとしたもの」だろう、と。

「女性との身を入れての交わりが豊かな詩情の土壌になりうる」としかと心得ているらしい伊藤博は「人麻呂・歌俳優説」だから、歌われた時も状況もすべて絵空事、声調の違いもフィクションのテーマの違いになってしまう。論理のおもむくところ、人麻呂の「石見の死も虚構と見るのが自然」になる――フィクションの現地調査までした諸先考よ、ごくろうさまでした、無駄なお骨折りでしたなというわけだ。

ここには意識化されていない重大な問題提起がある。「人麻呂自傷歌」は、第二の長歌ほかの続きとして読むべきだ、と。巻二の部立も消して読まねばならぬのではという見方に、少なくとも一部分については、伊藤博も賛成していることになる。

そもそも部立はいつ設けられたのか？　巻一の「雑歌」は、巻二の部立のあとに書き込まれたことはたしかだ。巻二が巻一に倣って編まれた歌巻であることに異論はない。となると、第二次編集の万葉には、まず部立のない巻二の時期があって――「魂振りの歌巻」すなわち巻一と「魂乞ひの歌巻」すなわち巻二のセットは、いま見る巻一「雑歌」と巻二「相聞・挽歌」のセットより明快ではないだろうか――その後、何らかの事情が生じて現行のかたちになったのではなかったか？

部立が後のものだとすると、いったい、第二次編集の万葉とは……？

終章　エニグマ、あるいは二つの葬《はふ》り

——金烏臨西舎　鼓声催短命
（陽は西に沈もうとし　夕べの鐘は早すぎる死をせきたてる）
——大津皇子

部立がのちの工夫だとすると、いったい、どうなるのか？　巻二は最初、どのような相貌を見せていたのだろう？　たしかに興味は尽きないが、これでは問題が大きくなりすぎて「原万葉」の範疇を超えてしまう。いまは「人麻呂自傷歌」の前後に視線を限定して他日を待つしかないけれども……それでも、読みにかかる前に、いくつかのことは確認しておく必要がある。

1　死の前の人麻呂の歌は、当然ながら、彼自身の手で整理し纏められたものではありえない。

2　収集された人麻呂の歌は書記法も作歌順も雑然としたもので、それを巻二の編集に当たって、編集者たちが整理したことになるだろう。

3　そうなると、わたしたちはまず、編集の手順を逆にたどって、部立にこだわらず人麻呂の歌を作歌順に並べる試みに挑戦しなければならない。

六九六　石見相聞の第一の歌群（一三一～一三三番の歌）
高市挽歌の歌群（一九九～二〇一番）
六九六？　石中死人の歌群（二二〇～二二二番）
七〇〇？　明日香皇女挽歌の歌群（一九六～一九八番）
七〇二　石見相聞の第二の歌群（一三五～一三七番・付一四〇番）
七〇三　臨死時自傷作歌（二二三番、付・二二四～二二七番）

4　歌の背景を知るために、正史『続日本紀』が記載する関連事項をできるだけ拾っておこう。

七〇二　一月、大三輪高市麻呂、復権して長門守に。
十二月、持統上皇崩御。
七〇三　六月、高市麻呂、帰京して左京大夫に栄進。
七〇六　二月、高市麻呂卒。
七〇八　四月、従四位下柿本佐留卒。
七三二　八月、多治比（丹比）真人県守《あがたもり》を山陰道節度使に任命。
七四四年二月から翌年六月にかけて　元正上皇と聖武天皇との二重政権が並立。

七九七　『続日本紀』の後半二〇巻に続いて、前半二〇巻が完成。

5　祭政の重なる時代であれば当然の手順にしても、歴史の流れのなかに置いてみなければ、人麻呂の歌の意味を正確に捉えることは難しいのだが……そうなると「柿本人麻呂論」は「原万葉論」を越えて大きく広がっていかざるをえない。やはりいまは、人麻呂の白鳥の歌を聞きながら、わたしたちの最初の探索の旅を終えることとしよう――白鳥の歌とは、結果として残された、人麻呂をめぐる最後の歌語りである。

第十七の語り　臨死自傷歌群の密なる語り

1

つのさはふ　石見の海の
言さへく　唐の崎なる　海石《いくり》にぞ　深海松《ふかみる》生ふる　荒磯《ありそ》にぞ　玉藻は生ふる
玉藻なす　靡《なび》き寐し児を　深海松の　深めて思へど
さ寝し夜は　いくだもあらず　這ふ蔦の　別れし来れば
肝《きも》向かふ　心を痛み　思ひつつ　かへりみすれど
大船の　渡《わたり》の山の　黄葉《もみぢば》の　散りの乱《まが》ひに　妹が袖　さやにも見えず
嬬隠《つまこも》る　屋上《やかみ》の山の　雲間より　渡らふ月の　惜しけども　隠ろひ来れば
天つたふ　入日さしぬれ

大夫《ますらを》と　思へるわれも　敷栲《しきたへ》の　衣の袖は　通りて濡れぬ
青駒の　足掻《あがき》を早み　雲居にそ　妹があたりを　過ぎて来にける
秋山に　落つる黄葉《もみぢば》　しましくは　な散り乱ひそ　妹があたり見む
（石見相聞・第二の長歌と短歌二首＝歌番号一三五〜一五七番）

2
な思ひと　君は言へども　逢はむ時　何時と知りてか　わが恋ひずあらむ
（柿本人麻呂が妻の依羅娘子、人麿と相別るる歌一首＝一四〇）

3
鴨山の　岩根し枕《ま》ける　われをかも　知らにと妹が　待ちつつあるらむ
（石見の国に在りて死に臨む時に、自ら傷みて作れる歌一首＝歌番号二二三）

4
今日今日と　我《あ》が待つ君は　石川の　貝《かひ》に交じりて　ありといはずやも
直《ただ》の逢ひは　逢ひかつましじ　石川に　雲立ち渡れ　見つつ偲はむ
（柿本人麻呂が死にし時に、妻の依羅娘子が作る歌二首＝二二四・二二五）

5
荒波に　寄りくる玉を　枕に置き　われここにありと　誰か告げなむ

6
天離《あまざか》る　夷《ひな》の荒野に　君を置きて　思ひつつあれば　生けるともなし
（丹比真人、柿本朝臣人麻呂が意に擬へて報ふる歌一首＝二二六）

（或る本の歌＝二二七）

1

つのさはふ（芽吹くものをさまたげる）という枕詞をもつ　石見の海の
言《こと》さへく（言の葉も思いのままには通じない）という枕詞をもつ　唐の崎に
あるとも見えぬ海中の岩にも　深海松《ふかみる》と呼ばれる海藻は生えている
波荒らぶる磯にも　美しい藻は生えそだつ
その美しい藻が靡くように　なよなよと寄り添って共に寝たあの娘を
深海松《ふかみる》のように　深く深く思っているのに
共に寝た夜はいくらもなくて　絡み合う蔦が引き裂かれるように別れて来たので
肝も痛み肝と向きあう心も痛み　思い尽きぬままに振り返っても
大船は海原を渡るというのに　同じ名の渡《わたり》の山は動く気配もなく
もみぢ葉が散り乱れて眼交《まなかひ》を乱し　妻が思いを篭めて振る袖もしかとは見えず
妻と篭もるという枕詞をもつ　屋上山《やかみやま》なのに　何ということだ
雲間を渡る月さながらに　名残は尽きぬというように　妻の里さえ見え難《が》てになり
天を渡る日も傾いて　夕日がさしそめ　まさに妻訪いのときと思えば
志を枉《ま》げぬ男と自負しているわたしも　ついに自分を抑えられず
形代《かたしろ》にと取り交わした妻の敷栲《しきたえ》の衣の袖を　涙でしとど濡らしてしまう

青馬の歩みが速い　速すぎるので　ああ　雲居はるかに
はやもう　妻の住む土地をあとに　行き過ぎてしまったではないか

2
秋山にたえまなく散り落ちるもみぢ葉よ　束の間でいい　散り乱れるな
妻の家のあたりを　見ておきたいのだ　これが最後になるかもしれぬから

3
思い悩むでないとあなたは言うけれど　今度逢うときは何時《いつ》とさえ判っていたら
わたくしもこんなに切なく　恋い焦がれないですむかもしれませんのに
（またいつ逢えるとも判らないで　どうして心静かにしていられましょう）

4
鴨山の岩を枕に横たわって死を待っている　そんなわたしのさまも知らないで
いまも妻は　わたしの帰りを待っている　ひたすら待ちつづけているであろうに

今日こそは今日こそはと　わたくしが待ちつづけているあなたは
何ということ　石川の谷間に消えて　行方も知れぬというではありませんか

生きているあなたに逢うことは　じかにお逢いすることは　もはやかないますまい
でも　せめて　雲になって　石川に立ちこめてください

（その雲こそはあなたの霊に違いないのだから）
その雲を見てあなたを　あなたと愛し合った日々を　偲ぶことができますもの

素直に読めば、人麻呂は何らかの理由で喚問ないしは拘引され、依羅娘子《よさみのをとめ》にはそれが人麻呂の姿を見た最後になった——あの巻一の不協和な挿入部分、人麻呂の「留京三首」につづく奇妙な相聞「わが背子は」（四三番）と「吾妹子を」（四四番）は、このことを証言するためにこそ、第二次編集において加えられたのではなかったか。そのほかにどんな理由が考えられるだろう？

その果てに行方不明になったと、少なくとも依羅娘子には伝えられ、都にもそう伝わったのであろう。鴨山は人麻呂が死を覚悟した場所には違いないが、実際に死んだ場所とは限らない。妻には石川で行方を絶ったと伝えられ、しかし妻は、人麻呂が殺されたであろうことを察知した。ここまで歌意をそのままにたどってきて、当時の人々なら、充分にことの成り行きを悟ったのではないか。*

* 「臨死時自傷作歌」に、挽歌の冒頭を飾る（巻二がもともと相聞と挽歌に分けて編集されたとすれば、編者たちは妙な趣味の持ち主だったことになるけれど）刑死であったことが明白な有間皇子の「自傷結松枝歌」を重ねて、人麻呂の刑死を読み取ったのは梅原猛の炯眼だった。だがその炯眼は、人麻呂の刑死のスタイル（事代主ふうの水死刑）に気を逸らされて、人麻呂と天皇制イデオロギーとの関わりにはついに向けられなかった。

おかげでいまだに、アメリカの歴史家ハーバート・ビックスに指摘されるまで（『ヒロヒト——

近代日本の形成』二〇〇〇）わがくにを代表する新聞記者諸氏は「天皇の免責」システムが日本の無責任体制に関わるなんてまるで気が付かなかったみたいで（本当かしら？）「日本では天皇批判をタブー視する向きがあるが、私どもジャーナリストはもっとしっかりしなくてはいけないと思った」と反省したりする事態が、手つかずのまま残ってしまった（朝日新聞、〇一年三月二十一日）。これでは、まるで、先生に不注意を指摘されてかしこまる小学生ではないか。何ともはや……。

5　荒波に打ち寄せられる玉を枕辺に置いて　わたしはここにいる
このことを　誰がいとしい妻に告げてくれるだろうか

6　天路《あまぢ》もはるかに離れた片田舎の荒野に　あなたを置き去りにしたままになっている
そのことを思いつづけていますと　わたくしは生きた心地もいたしませぬ

すでに終わった密なる歌語りに二首が和しているのは、それも異なる人たちが異なるイメージを心に描きながら、さらに時まで異にして和すさまは、いささか尋常でない。しかも万代に伝えようという意気込みを込めた二巻の歌集を、少なくとも表の意味だけでは何とも凡庸なこの二首で閉じているのは、さらに腑に落ちない。あるいは、ここにも何か隠された意味が潜んでいるのではないか？

「荒波に」（二二六）の歌は、丹比真人が人麻呂の心を汲んで依羅娘子《よさみのをとめ》の挽歌に答える形をとっているが、挽歌の名残りとして読むべき性質のものだろう。「天離る」(二二七)の歌は、人麻呂の心を汲んだ歌に、さらに匿名の誰かが依羅娘子の心を汲んで答える形をとる。やはり挽歌の名残りとして、ひそかに唱和したものだろう。作者が(たぶん粉飾をほどこしてまで)名前を隠したのはなぜか?

表の意味だけをたどっても読み捨てにできないほど哀切な響きを持つ歌群(1〜4)が、果たして伊藤博の説くように、廷臣の無聊《ぶりよう》を慰めるための作りものに過ぎないと切り捨てていいものだろうか。追和の二首(5・6)にしても、表の意味だけを撫でて、せいぜい死に場所のイメージが違うと指摘するだけで、事足れりとしていいのだろうか。*

* もっとも、歌劇には早くから山を舞台にしたのと海を舞台にしたのと二種類の演出があったことになるから、伊藤博のフィクション説にはいささか具合が悪い。人麻呂の生涯は早々に伝説化されていたとする説であれば、伝説に異説は付きものだから何とか切り抜けられるにしても……それでは、なぜ伝説化されるほどの存在だったのか。『万葉集』の中核をなす二巻の歌巻が、じつはお伽噺に毛の生えた程度の虚構で閉じていると、本気で国文学者たちは信じているのだろうか?

何かが隠されている。それも、表向き語ることを憚られるような何かが。人麻呂の骸《むくろ》だけでなく、もうひとつ葬り去られたものがあって、専制政治下にさりげなく歌われた追和の二首は、裏でひそかにそのことを訴えようとしているのではないか——ここには二重の秘密が隠れています、強いられた二重の葬《はふ》りがあるのです、と。

歴史上の関連事項と人麻呂の歌を組み合わせながら、ことのかすかに暗示するところをたどっていけば、千三百年のあいだ秘められてきた歴史の秘密も、いくらかヴェイルをかかげてくれるかもしれない……だが、少し頭を冷やさなければ。いくら心地良いアームチェアにしても、いささか坐り疲れも出てきたようだ。しばらくは秘密の発掘を読者の方々の有能な手に委ねて、わたしはここで、いったん椅子を立つとしよう。

あとがきに代えて――精神の巨大古墳の発掘を、さらに

――悽惆之意　非歌難撥耳　仍作此歌……
（胸えぐられる失意は　もはや歌以外では　はらせなくなった
そこで　せめて　この歌をつくり……）
――大伴家持

肘掛椅子の考古学者が味わう奇妙な感慨について

たとえば「言霊《ことだま》の書」として、『万葉集』を巻一巻二だけでも読み返してみようか――と、まあ、一念発起して図書館に入ったとしましょう。手頃な参考書を求めて何冊か『万葉集』関係の本をめくってみても、どうも思わしい本が見つからない。一〇冊を越えるあたりから、ぱらぱらとページをめくって品定めをしているだけなのに、しだいに奇妙な感慨に捕われてくることに気付きませんか？　どこか、別のケースで味わったことがある感覚に似ているような……。

そうなんです、誰もが「決め台詞」として「言霊」という言葉を、たしかに持ち出してはくるんだけれども、さっぱり実体がつかまらない。それどころか、どうやら古代宗教と歌との関わりにつ

いて、まっとうに考えてみた気配さえない。そのくせ『万葉集』ほど、一見、研究が詳細に行き届いているように見える「国文学の対象」もないのです。研究書は書棚をいくつも埋め、「万葉集必携」といった入門書の類いだけでも、さて何冊あることか。しかも、どれをとってもなかなかの出来栄え。そのうえ『万葉集歌人集成』のように、作者別で歌を読むことも簡単に出来るというのだから。

専門の細分化は学問の進歩の誇るべき結果だとは、前提として、全体像をしっかりと捉えた視界があった上で言えることでしょう。『万葉集』全体にかかわる問題を避けてとおることで身の安全を計り課題を限定する。そんなことが「良心的かつ学問的な態度」だなんて、それこそローカル・ルールすなわち万葉学界内だけで通用する、悪しき慣習に過ぎないんじゃないかしら？　はじめに発掘考古学の比喩を使ったせいかもしれないけれど、ついつい悪い例を思い浮かべてしまいませんか？　大学生時代に考古学を専攻した新聞記者は、二〇世紀最後の年に発覚した「旧石器発掘捏造事件」をめぐる考古学会の動きに対して、こんな思いをぶちまけています。

「あきれることは山ほどあった……感情に走りがちでまともな議論ができない。が、何より呆然としたのは……〈自分は旧石器が専門じゃないし、関係ない〉という研究者があまりに多かったことだ……上手だねえ。そんなに我が身が可愛いんかい！」と。*

（宮代栄一。朝日新聞、〇一年十月十四日）

＊　妙な連想ゲームを始めたついでに、何やら物議を醸《かも》しそうな「女官と史官の巫言」について、あ

らかじめ断りを入れておきます。万葉について論じることは、じつは二一世紀最初の年に発生した、無残なウォー・ゲームを戦うことに似ているんです。まるで対ゲリラ戦を指揮している作戦参謀にでもなったみたいな——敵はもともとゲリラだから首府決戦なんかする気はないらしく、そのくせ道筋には至るところに、ささやかな反撃から落とし穴まで待ち受けていて！　それぞれの戦力は取るに足りないにしろ、己のテリトリーを死守する意志はあくまで固く！　いちいち付き合ってはいられないけれども、放ったらかしておくわけにもいかず……などと考え始めたら、たちまち局地戦に引きずり込まれて、大局を見失ってしまう。

そこで思いついたのが、空爆ふうの巫言という工夫なんです。むろん出鱈目に爆弾を投下するわけじゃなくて、ちゃんと理由もあれば、レーダー誘導で目標もセットしてある。アームチェア・アーケオロジストとしてはゲリラを殲滅《せんめつ》する義理まではない。大切なのは局地戦を避けて、一三〇〇年にも及ぶ大局にかかわる誤解を、またぞろ次の世代に先送りするのを避けること。わたしたちは精神の巨大古墳を真っ直ぐに掘り進んで、いまようやく玄室を、つまり「原万葉」を掘り当てたところなのですから。

肘掛椅子の考古学者であるわたしたちは、ありがたいことに専門の学者じゃないから、ひどい視野狭窄につきあう必要はない。柿本人麻呂の「臨死自傷歌」をめぐる歌群が証言する二つの葬りとは、ひとつはもちろん、人麻呂自身の死の真相でしょう。そして、いまひとつは間違いなく、わたしたちが見てきた「日本讃歌」なのです。だが、なぜ、その二つが葬られなければならなかったのか？

巻二を閉じる唱和者は、おそらく「原万葉」を、古代豪族の伝統の神学に新風を吹き込むものとして受け取った。だからこそ、己の信じるものを葬ったことに痛切な痛みを覚え、とてもそのままにはしておけなくて、唱和の歌を忍び込ませた……だが、ことの意味は、果たしてそれだけに止まるだろうか？

いやいや、いまは自制が肝要です。とりあえず推理の道筋を、後に続く人たちが何とか普通に通行できるくらいにまで整えておかなくては。そのためにも、とにかくいまは、手を付けた「原万葉」周辺の発掘を整理して、何とかひと区切りをつけるべく努めなくては……。


誰が柿本人麻呂を殺したか？

1　持統一〇年（六九六）高市皇子尊の思いがけぬ死によって、人麻呂は急遽、都に呼び戻される。このとき［石見相聞の第一の歌群］。ただし、どうやら皇子尊の葬祭をもっともらしく荘厳するための演出の一環を担わされたに過ぎなかったらしい。女帝の次の課題は孫の軽王の立太子であって、障害になる可能性はすべて、早めに排除しておかなければならぬ。人麻呂は何らかの口実で都を追われ……それでもなお、皇族を中心とする豪族会議の怒号飛び交う紛糾の一端は、『懐風藻』がなまなましく伝えている。
2　同じ年か翌年には、いわゆる［石中死人の歌群］が都に伝わっていた。
3　文武四年（七〇〇）明日香皇女の訃報を知った人麻呂は、はるかに挽歌を捧げる。作歌力の衰えを云々する説もあるが、何やら懐旧の情に嘆願の響きが絡んでいるようで、忍壁皇子に執り成しを願う心の弱りが反映した結果ではなかったか。

4　大宝二年（七〇二）一月、大三輪高市麻呂が一〇年の無官生活から復権し、長門守に登用される。瀬戸内海の西の入り口を守る長門城があり、そのための軍団があった。秋八月、不比等の盟友・石上麻呂が太宰府の長官を兼ねる。と、早くもその秋のうちに、失意の人麻呂は、かつて打ちのめした伝統神道のイデオローグ・高市麻呂から召喚状を受ける。このとき［石見相聞の第二の歌群］。

5　大宝三年（七〇三）一月、前年十二月二十二日の持統上皇崩御の報が伝わる。六月、高市麻呂は都に帰り、左京大夫に栄進。つまり、何か「仕事」をしたらしいと判る——忘れ難い恨みがあり、その仕事の結果によって利得を得たとなれば、犯罪の疑いをかけられても致し方あるまい。ただし、後ろで糸を引いた（人事に大きな発言力を持つ）大物の存在も、やはり否定はできない。

この年の一月末から五月初めの間に人麻呂は暗殺され、石見の依羅娘子《よさみのをとめ》にも、やがて都にも、行方不明と伝えられる。このとき［臨死自傷歌および妻の歌二首］。ときに人麻呂四十八歳か。妻の歌の題詞に「柿本朝臣人麻呂死時」とあるために、人麻呂はものの数にも入らぬ下級官吏に（あるいは歌俳優に）されてしまったのだが、そのとき罪人だったとすれば当然しごくの書き方であって、かつて顕官でなかった証拠にはならない。

ヒトとサルとの間に

6 正史の和銅元年（七〇八）四月二十日の項に「従四位下柿本佐留卒」の記入がある。おそらくは、行方不明として処理されてきた人麻呂の死が、五年後に公けに確認されたのではないか。ちなみに高市麻呂は二年前に死亡し、罪を追及しようにも、すでに元凶に繋がる糸は切れている。ヒト麻呂からサル麻呂に堕とされたのか、後人が佐留を尊んで人麻呂と言い換えたのか、それとも本名は佐留で、彼がみずから人麻呂と唱えたのか――『万葉集』そのものが歴史の荒波に弄ばれて浮沈を繰り返し、古代最大の詞華集でありながら「勅撰集」にもならなかったくらいだから、本当のところは判らない。

このころは日録をもとに書かれたから、その記事を判断して「従四位下」と「卒」という書記法を確定したのは延暦十八年（七九七）のことだろう――そのとき彼はすでに罪人とは見なされていなかった。とはいえ名前は『日本紀』を尊重して天武十三年（六八四）の頃の表記に合わせたことも充分に考えられるから、佐留が本名とまでは確定できない。

誰も気にしていないらしいが、注目すべきは「従四位下」という位のほうであって、これに相当する官職は「神祇伯」「中宮大夫」「春宮大夫」がある。いずれも行政府から独立性のつよい部局である。人麻呂が活躍したのは、さらに遡って律令制がまだ充分に整備されない時代であったことを考えるなら、女帝付魔術師として「内廷の神祇伯のような内臣」を想定することに、それほど無理はないだろう。

7 天平四年（七三二）八月、多治比（丹比とも書く）真人が山陰節度使に任官。人麻呂に成り代わって依羅娘子に答える歌はこのときの作であろうが、人麻呂終焉の地に案内されたとしても、海辺の死であったと決めることはできない。石見挽歌群に惹かれる文人なら、なおさら「石中死人」歌群の強烈なイメージを引き摺っていたことは、充分に考えられる――ただ、あえてこの歌をうたったことに、時代に対する旧豪族のプロテストがひそんでいることを見落としてはなるまい。

8　巻二巻末に秘められた思い

表には依羅娘子に成り代わって、人麻呂に成り代わった丹比真人の歌に返歌しながら、海辺の死ではなく野晒《のざら》しの死だったと訂正を試みただけの（それも摸作紛いの）追和に過ぎないように見える。しかし裏には、第二次編集をほぼ形にしながら、みずからその解体にも協力している後ろめたさが滲んでいる。

天平十七年（七四五）おそらく春、前年の二月に難波宮を首都と宣言した元正上皇と、宮廷ごと彷徨する聖武天皇との国家イデオロギーをめぐる対立から構想された「第二次万葉」は、両政権の妥協成立によって、解体ないしは無害化されることに決まる――もともとは人麻呂の現人神イデオロギーを核に据えた「タマフリの巻」と、聖武を正道に呼び戻す願いを篭めた「タマコヒの巻」とから成る歌巻であって、ともに部立などなかった。

「巻一・雑歌」と「巻二・相聞と挽歌」というぎこちない詞華集のよそおいは、編集方針の揺らぎの反映ではないのか。このとき実際の編集にあたった旧豪族出身の青年貴族のなかには、自分が正しいと実感できる（伝統にかなり近い）イデオロギーを、むざむざ詞華集のなかに溶かし込んでしまうことに心痛む思いを味わった者たちがいたとしても何の不思議もない。

二首目の追和をすでに「或本」にあったかのようによそおって、解体・再編集を強いられた巻二の末尾に忍び込ませたのは、のちのちの執念を考え合わせると、大伴家持であった可能性がきわめて高い。人麻呂そのひとの声をなぞっているのも（二一五番の短歌）、その思いを証言しておきたかったからではないか。置き去りにしたのは、あなたの骸だけではない。あなたの志までも、と。だからこそ、結句の「生けるともなし」から、借用とは思えない痛切さが響いてくるのではないだろうか。

巻二挽歌の冒頭の秘密

挽歌の冒頭に刑死者の歌を置くのは穏当でないと、これほど「穏当な学問」がお好きな学者たちが気付かなかったのは、何とも不思議な話ではないか。題詞は斉明の紀伊の湯行幸を指示していて、その間に、有馬皇子は十九歳の若さで縊《くび》り殺されている——いやでも天平十六年（七四四）閏正月十三日の安積《あさか》皇子十七歳の急死を連想させるというのに。それこそは、まさに翌月のうちに、元正上皇を二重政権へと踏み切らせるきっかけとなった、禍々《まがまが》しさこの上ない事件だというのに。

これほど不吉な冒頭歌を編集の最初から予定していたと考えるのは、あまりに穏当さを欠くとすれば、巻二はやはり、元来は部立を持たなかったと推定するほかなくなる（部立を持たない巻二であれば、もちろん有馬皇子の自傷歌は冒頭にこない）。紫香楽《しがらき》政権を責め、聖武に改心を迫ろうとする巻二の主題は、政治的な妥協が成立すれば、すぐさま曖昧化する必要が生まれる。主題をぼかす作業をむやみに急いだために、思わぬ「編集の手落ち」が生じてしまった。そう見るのが自然だろう――もちろん、現場で作業にあたった家持たちの「故意の手落ち」であった可能性まで否定は出来ないにしても。

ここにはすでに「さらなる発掘への誘い・1」がある。部立を設ける以前の巻二には、巻一と表裏をなす歴史詩劇が潜んでいるのか？　あるいは逆に、曖昧化の作業のさい部立とともに明記されることになったらしい標目や題詞に（これらは詩劇の流れを塞《せ》き止める効用を持つ）、復原のためのヒントが潜んでいると見て読み進むことはできないか？　そしてもし、そこに何らかの主張を含む歴史解釈を主題とする歴史詩劇が見出されるとしたら、わたしたちの発掘した「原万葉＝日本讃歌」の真正さは二重に、必要かつ充分に証明されることになる……。

魂振《たまふ》りと、魂乞《たまこ》ひと、魂鎮《たましづ》めと

「さらなる発掘の誘い・2」は、柿本人麻呂像の復原にも向かわざるをえない。それは同時に、日本語が表記法を獲得する過程の解明を要請するだろう。そして、言うまでもなく表記法を持つことは、それ以前の言語文化に革命的な変化をもたらす。課題はまことに巨大だけれど……そのためにもまず、わたしたちは人麻呂の全体像を知る必要がある。「おほき三つのくらゐ」の謎も解かねばならぬ。これは考古遺物と同じように、想像力によって欠落部分を補いながら、説得力を備えた詩人像を蘇らせる作業になるだろう。

いま、わたしたちが読む『万葉集』は、原万葉に、巻一・巻二からなる万葉がオーヴァラップし、なお幾度も墳土を積み重ねることによって成立した。墳土が積み重なるたびに『万葉集』も意味を変え、ついには精神の巨大古墳と化して、内部に篭められた意味までも覆い隠してしまう。「さらなる発掘の誘い・3」は、いわゆる「万葉編纂論」に重なるけれども、たんなる材料や編集スタイルの分析で事足れりとはできぬ。何ゆえか、ついにないがしろにされてきた「編纂の意味」を、わたしたちは問い続けなければならない。

持統時代の「天皇霊のタマフリ」の歌巻から、元正時代の「天皇霊のタマコヒ」の歌巻へ。さらには魂乞の主題を解体して『文選』にならう宮廷詞華集を編む試みへ。そして聖武時代の呪術的色彩が濃厚な国家事業の一環としてのタマシヅメへ。十六巻の光仁万葉が続き、平城万葉で二十巻となり、村上万葉で定本化が試みられる。

「さらなる発掘の誘い・4」は、いわば万葉編纂論を生きた詩人・大伴家持にも向かわざるをえない。これは同時に、このくにの伝統のなかで詩歌が持つ位置の転変を追う作業を意味するだろう。中国詩の本流は「述志」にあったものが、このくにでは早々と「凄惆《せいちう》の意」をはらう術に化してしまうのはなぜか？

ざっと数えても七層の墳土を、この巨大古墳『万葉集』は持つ。しかもその中核に「天皇教の聖書」が埋葬されていることを、わたしたちはしかと見届けた。「さらなる発掘の誘い・5」は、また最大の謎への挑戦でもあって、わがくにの精神風土はこの信仰の変容と不壊《ふえ》性を解き明かさないかぎり、ついに闇の中に留まってしまう。

これまで、天皇教《スメロギズム》あるいは日本教《ニホニズム》の不壊《ふえ》性は、聖書の不在によって保証されてきた一面がある。

だが、千数百年にわたる秘匿は、ついに破れた。この原型「免責の神学」に照らし合わせながら、それぞれの時代による変奏を見定めることで、わたしたちはようやく、日本史の謎の動因の多くを、闇から解き放つ鍵を手にするだろう。

本当に、今度こそ、肘掛椅子を立たなくては。大伴家持ではないけれど、なかなか巻を閉じ難いのが『万葉集』という古代魔術の一大アンソロジーなのかもしれません。しかし、この後の発掘も、アームチェア・アーケオロジーの手口をマスターされた読者の方々にはぜひとも続けていただきたい——新しい発見へと導くのは、いつだって先入観にくもらされない、創意にみちたフレッシュなアプローチなのです。

著者略歴

安引　宏（あびき・ひろし）

1933年生まれ。東大英文科卒。「世界文学大系」「世界ノンフィクション全集」「展望」復刊の編集、「すばる」創刊編集長をへて、再開第１回中公新人賞を受賞、文筆活動に入る。
小説に『死の舞踏』『印度の誘惑』『背教者』など、紀行に『カルカッタ大全』『新アルハンブラ物語』など。訳書にＶ・Ｓ・ナイポール『インド・闇の領域』、アラン・ド・ボトン『哲学のなぐさめ』などがある。

JIMBUN SHOIN Printed in Japan.
ISBN4-409-52037-7 C1021

原万葉《げんまんよう》 葬《ほうむ》られた古代史《こだいし》

二〇〇二年九月一五日　初版第一刷印刷
二〇〇二年九月二〇日　初版第一刷発行

著　者　安引　宏
発行者　渡辺睦久
発行所　人文書院
〒六一二-八四四七
京都市伏見区竹田西内畑町九
電話〇七五・六〇三・一三四四
振替〇一〇〇〇-八-一一〇三
印刷　創栄図書印刷株式会社
製本　坂井製本所

http://www.jimbunshoin.co.jp/